沒有勇氣的一週

鄭恩淑
정은숙
梁如幸 譯

三民書局

推薦序

〈當好人停止沉默，獲救的是所有人〉

吳曉樂

和平國中學生朴勇氣受同學所迫跑腿，趕在午休結束前幾分鐘，至校外購買麵包，回程路上被卡車撞上，受了重傷。這個設定讓我想起侯文詠〈天堂的小孩〉，那個衝向豪華轎車的梁國強；也想起由於氣質陰柔而遭到霸凌、只能利用上課時間前往廁所，最終被發現倒於血泊中的葉永鋕。然而，誠如托爾斯泰所言「不幸的家庭各有各的不幸」，朴勇氣也有自己的不幸要訴說。

班導夏智英講解了規則：朴勇氣指出了三個加害者，期限之內，三位同學得出面自首，否則所有同學都得接受心理輔導。同學們紛紛指認出最常欺侮朴勇氣的吳在烈跟許治勝，卻也埋下懸筆：第三個人究竟是誰？我按照習慣，在紙張謄上人物的姓名，註記基礎資料跟他的所有行為，試著推理出「第三個人」，隨著劇情推展，我看著密密麻麻的補充，恍然大悟，每一個人都參了一腳，如同書中一段怵目驚心的描寫：「大家都是一腳踩在同一灘爛泥裡，現在卻全都紅了眼，發了狂地想找出一雙腳全都踩在爛泥之中的人」。換言之，導師採用「連坐法」不無道理，每一位學生參與方式不同，但都難辭其咎，即使是選擇袖手旁觀，也是在無形中助長霸凌繼續發生。如馬丁・路德・金恩所述：「最大的悲劇不是壞人的囂張跋扈，而是好人的沉默。」每一位學生都目睹了朴勇氣的悲慘遭遇，卻也靜默不語，甚至故作無知地享用了朴勇氣被迫交出的飲料、麵包，甚至信用卡。就像我們去唱歌時會湊齊人數來降低包廂費用，一旦加入的人數增加了，霸凌的罪惡好像也因此減輕為可以負擔的程度。

霸凌雖被視為是「反社會」的行為，本身卻具備高度的「社會性」。故事裡的青少年們，就像一尊尊瓷偶，外表完整且精緻，但若輕輕掂起，將令人很訝異裡頭的空洞與回聲。金宰彬的父母「課業至上」的信念，讓他躁動憂鬱的心靈無所適從，僅能在四下無人時，放聲痛咒親友；許治勝以暴力控制他人，內心深處卻埋著無人知曉的痛苦秘密；尹寶美從鄉下來到了和平國中，飛快地察覺到自己的資質相當平庸，成為主播的夢想遙不可及，如此一來，她的未來和志願又該何去何從？被稱為讀書機器的高材生鄭惠妍，眼中只有自身利益，朴勇氣出了這麼大的意外，她更擔心她的讀書時程是否受到影響。校園是社會的縮影，孩子們的生命課題，不可能與身邊的大人們一筆勾銷。更進一步說，單純憑孩子們的惡意，不足以釀成朴勇氣的憾事，當代大人們功利、鄉愿、掩耳盜鈴等等習性，提供了暴力發酵的沃土。書中以歷史課堂，韓國過去數百年的命運，暗示只要我們繼續擁戴「贏者全拿」的勝利主義，就難以遏止人類繼續相互殺伐、踐踏。發生在朴勇氣身上的暴虐，也能宏觀地投射至一個群體，甚而一個國家的處境。

我曾訪問一些處理過霸凌紛爭的教育工作者，他們不約而同提到一種做法：相較於強勢介入，不妨間接地去影響、領導學生們，讓這小型社會從內生出「反省」的能量。只要出現一個想改變的孩子，再跟上第二個孩子，就會骨牌效應似地瓦解霸凌的結構。一旦孩子們決定收回賦予加害者的權柄，加害者也會衰微至再也無法逞威作福。書中夏智英老師、尹寶美、金宰彬、許治勝幾位關鍵人物的合作，與這觀點不謀而合。

最後，想指出最讓我動容的一段：尹寶美站在朴勇氣出事的位置，祈禱人們千萬不要忘了，曾有個少年站在號誌前，朝著行駛而來的車輛向前邁開步伐。我聯想到曾經有一回演講，一名高中女生前來提問，「近日決定跟一位被孤立的女生當朋友，卻被原本的同儕反對，該如何是好」，我忍不住反問這名少女，「這個決定並不容易啊，願意說明妳的心情嗎」，少女微傾著頭，答道：「因為她在班上沒有朋友啊，所以我想成為她的朋友。」若要防止《沒有勇氣的一週》重演，我們得信賴、期許自己的，無非是跟我遇見的這位少女般，充滿勇氣的瞬間。

推薦序

〈選擇〉

莫宰羊

每個群體都是整個社會的縮影，遑論一個正值青春期的班級。群體中被孤立的弱勢，該如何面對一生中接踵而來的困境？我想這是社會不斷要反思的未解之結。坦白說，國中時期我也曾經是書中被霸凌的主角，感同深受之餘，倒很感謝生命曾發生過的那些經歷，我強壯的內在就是在吸收那些負面光澤後建立起來的。你也有選擇，逆勢中成長或繼續抱著苦痛便是選擇。從校園到職場，霸凌無處不在，也永遠不可能根除，歹念在流竄，但你可以選擇善良。本小說恰似一盞燈，投射在你我的過去與將來，我們只需要時刻提醒自己，不需要把承受過的惡意傳承。

推薦序

〈在愛裡沒有懼怕，在善良面前我們都是勇敢的人〉

銀色快手

一場突如其來的車禍事故，讓故事的主人公朴勇氣住進了醫院，就在勇氣在班上缺席的一週間，導師發現案情不單純，車禍的背後隱藏著校園霸凌事件。有的同學漠不關心，有的同學膽戰心驚，每個人的想法和行動，都有可能助長霸凌或阻止它發生，什麼是正義？誰想當沉默的共犯？孩子們的心中對於善與惡，仗義直言，或許有著模糊的界定，與害怕挺身而出的懦弱。

身為班導心裡很清楚，造成勇氣發生悲劇的人是誰？可是她希望給孩子一週的時間自首，否則就要把霸凌者送去校園霸凌委員會進行裁決處分，這項決定多少帶給同學們一些心理壓力。

站在同學們的角度去思考，究竟該採取什麼行動，如此一來，故事換成以孩子的角度出發，透過他們的反應和對話，讓讀者去理解霸凌以及沉默的共犯是如何形成的？以及孩子該如何面對自己做出的行為，種種心態和處理的方式，很值得校園環境相近的台灣借鏡。

和平中學在這一週並不平靜，每個人都會受傷沒錯，但自私的那一面，不願被別人看見的那一面，不知道該如何面對同儕壓力的那一面，在朴勇氣的故事裡表露無遺，如果可以早一點預防就好了，如果有人願意說出真話，事情也不會演變得這麼糟。

好喜歡作家鄭恩淑的書寫風格，生動描述校園裡不同背景和個性的學生是怎麼看待他們的班級和同學，小說以推理的形式抽絲剝繭帶出霸凌背後的真相，一開始沒有人是邪惡的，群體默不作聲的姑息態度卻會縱容孩子繼續行惡。

勇氣的故事是我們這個社會小小的縮影，每個群體的成員都應該引以為戒，什麼是應該去堅持的信念，什麼是該守護的東西，什麼時候我們可以擁有勇氣，去對抗內心的黑暗與懦弱，希望讀完這本書的你，也可以獲得一點啟發和智慧。

目次

序文

星期一下午一點十分，在交通信號轉換之際猛踩煞車，肚子傳來了一陣咕嚕咕嚕的聲音。外送累積太多了，還沒有空吃午餐。西大門區賣場前方道路因為交通意外，光是移車就浪費了十五分鐘。

「在轉角隨便亂停車，是想要怎麼樣啊？這樣不出車禍才怪？」

一彎過轉角，就因為違規停放的車輛，小客車一輛接一輛追撞在一起。因為車禍聲音被嚇一大跳的車主連忙跑出來，臉色鐵青地看著自己被撞壞的車，反而氣憤地破口大罵，沒看到是進口車嗎？是用腳開車的嗎？所謂打人的喊救人，就是在說這種情況吧。

幸好煥希爸爸反應快趕緊踩下煞車，這才避免了追撞意外，但是感謝上帝、佛祖也只是暫時的。雖然好不容易才避免意外發生，但是要送麵包去的便利商店就在意外現場的地點，那邊根本沒辦法停車。煥希爸爸只好把車子停在有一段距離的地方，把裝麵包的箱子扛在肩膀上搬過去。原本計畫要在便利商店旁的小吃店吃個血腸當午餐，也因為交通意外泡湯了。

就連早餐也沒能好好吃的煥希爸爸，現在已經餓得前胸貼後背了，忍不住又開始對違規停車的駕駛大發脾氣。

「進口車就可以隨便亂停車嗎？以為那裡是哪裡，可以這樣亂停車？反正現在什麼阿貓、阿狗都可以拿雞腿換駕照就是了，有點錢就買車，才會一天到晚有這種事情發生。一開始拿駕照的標準就應該設定嚴格一點才對啊，要不然也把國英數科目列入考試項目……」

說著說著，煥希爸爸便閉上嘴巴，什麼加考國英數，真是口無遮攔胡說八道，就是因為駕照阿貓、阿狗都能考到，煥希爸爸也才能考取啊。明明旁邊也沒人看，煥希爸爸有些尷尬地抓抓頭，沒洗的頭傳來了一陣悶悶的油頭臭味。

午餐都還沒吃，一陣睡意就襲湧而上。因為煥希整晚哭鬧不停，所以昨晚他也沒睡好。出生才兩個月的嬰兒，怎麼可能顧慮白天一整天必須抓著方向盤的老爸處境，說不哭鬧就不哭鬧呢？你又能對兩個月大的嬰兒說什麼呢？煥希爸爸扯開嘴巴大大打了個呵欠，為了要趕跑瞌睡蟲，把廣播聲音轉得更大聲。

「現在為您播報的節目是時事放大鏡。天啊，養一個孩子到大學為止的養育費估算竟然要兩億❶呢。」

很喜歡的廣播節目DJ在讀了今日新聞之後大吃了一驚，這是來自相當有名的經濟研究室調查出來的內容，所以誤差不會太大，但這真是令人難以置信的巨額。

「等等，我一個月才兩百八十萬而已，到底要存幾年才會有兩億啊？」

本來就很討厭數學的煥希爸爸動著腦筋算了半天，算出竟然要花上六年的時間，忍不住驚訝地張大了嘴巴，而且還是得不吃不喝才有可能存到那筆金額，如果再扣掉生活費把剩下的錢存起來，是就算存個二十年也不可能存得到的巨款啊。就跟廣播節目DJ一樣，忍不住「天啊」地驚呼了起來。根據這樣計算下來的話，想要為煥希再多添個弟弟或妹妹，根本就是不可能的夢啊，不，好不容易才在步入四十歲前生下的煥希，也有可能養不起。雖然肚子又再度傳來咕嚕嚕的聲音，但是煥希爸甩了甩頭，哪有吃飯的時間啊，一心只想趕快把貨送一送，趕快回家看看孩子可愛臉龐的煥希爸爸踩下了油門，把衛星導航傳來「學校前方，請小心慢行」的聲音當作耳邊風，但是他可沒有完全無視前方，不遠處斑馬線，有個穿著校服的學生靜靜地站在馬路邊等著紅綠燈。煥希爸爸想，只要現在稍微加快速度，就可以在變紅燈之前順利通過斑馬線了，快！

❶換算成新臺幣約是除以三十六。全書中出現之金額皆是韓元。

就在煥希爸爸加重右腳掌力量，用力踩下油門之際，站在馬路旁的學生突然動了。

「啊，這傢伙在幹嘛？」

飢餓與睡意突然全都拋到腦後，煥希爸爸趕緊用力踩下煞車。

癮君子先生中午順路去吃午餐，打從進到餐廳就覺得不開心。

「因應食材費用上漲，所有菜單價格調漲一千元，小本經營請多多包涵。」

原本一餐只要六千元，現在價格卻漲了一千元。即使知道這三年來一直維持著這個價格，已經是這附近最便宜的餐廳了，但是還是有一種花了冤枉錢的感覺。不知道是不是因為心情影響，總覺得海鮮嫩豆腐鍋裡的料看起來特別少。

吃完午餐以後想要撫慰一下自己受傷的心，從夾克口袋裡掏出一包菸，旁邊的金代理見狀討了一根，沒想到拿給他之後一看，只剩空菸盒了。可是也不能這樣就很小氣地跟人家把香菸要回來，只好嘴裡說著沒關係，就來到了便利商店，但是一想到這種東西明明花自己錢買就可以了，卻總是厚臉皮跟別人乞求一根菸的窮酸金代理，就忍不住皺起眉頭，真的是天底下什麼沒禮貌的事都有。因為一邊自言自語碎碎念，竟然沒發現自己沒禮貌的用半語❷向便利商店的工讀生買菸。在工讀生動作利索地找了零錢，接著馬上就為下位客人結帳物品的期間，癮君子先生站在結帳的櫃臺前面沒有離去。因為吃飯也漲、香菸也漲，臭著一張臉心裡老不痛快，發現自己因為這點小事搞得心情不好，又感到有點傷了自尊心，所以癮君子先生特別想對香菸漲價發表自己的高見。

「說什麼為了國民健康所以才調漲菸價？如果一次就調漲至貴到讓人連想買的念頭都不敢有的話，我也無話可說。現在調漲的價錢，只要稍微狠下心來還是買得下手嘛，難道不是嗎？」

工讀生含糊地點點頭，什麼話也沒說。這是面對許多「奧客」後領悟的技巧。可能是把點頭當作對方了解且同意自己的意思，癮君子先生開始對著工讀生長篇大論那些他從網路上得知的淺薄知識。

「話說香菸價格啊，你知道是透過問卷調查來決定的嗎？對一般大眾做問卷調查，問他們香菸價格到多少的話，他們會開始決定戒菸，之後再把香菸價格設定得比大家回答會戒菸的平均價格來得低一點，剛好卡在很難讓人下定決心要戒菸的價格，這算什麼嘛！是當老百姓很好欺負嗎？如果要這樣的話，就不要講那麼好聽嘛，說什麼這是為了國民健康的決定，這不是睜眼說瞎話嗎？」

❷半語用於關係親近的平輩、晚輩及上對下之間，若在這關係以外使用半語的話，會被視為不禮貌的行為。

工讀生假裝很累打了個小小的哈欠，你才是當我好欺負吧，拜託別再說了，趕快出去吧，工讀生用行動暗示了自己的心聲。

當工讀生一臉擺明覺得很煩的表情，癮君子先生馬上也對自己沒分寸地嘮叨感到有些面紅耳赤，於是不經意地把視線轉向窗外，沒看見那沒禮貌的金代理影子，在癮君子先生發表長篇大論的期間，一名結完帳走出去的學生站在斑馬線的前方。

看他穿著校服的樣子應該是個國中生，心想體格還真是瘦小呀，一方面也很好奇國中生怎麼會在中午時間在外面呢？這間學校可以讓學生自由進出校門？本來就很愛管閒事的癮君子先生就特別注意著學生，學生深深地低著頭，後頸的骨頭都凸了出來，大概是在看手機吧，到底是什麼這麼有趣呢？正在猶豫要不要悄悄走到學生身邊偷看一下，沒想到，學生突然跳到了斑馬線上。

「天啊，這孩子在幹嘛？欸，這位同學！」

癮君子先生大聲地呼叫時，學生的身體已經被疾駛而來的卡車撞到彈飛在空中了。

意外發生後　第一天

寶美

聽到朴勇氣的消息時，寶美第一時間認為他是自殺，但是並不是，朴勇氣在學校前面發生了交通意外。因為第五節課是在科學教室上的分組實驗課程，所以其他組的人根本沒發現朴勇氣缺席。直到第六節體育課，照身高排隊時，這才發現朴勇氣空缺的位置，放學前的最後一節課才從班導師那邊聽到意外的消息。

班導師一臉沉重地說，因為要上課，所以沒辦法去醫院探視，搞不好受傷程度很嚴重也說不定。為了掩飾單眼皮小眼睛而畫上粗粗眼線，帶著這樣眼妝的班導師在傳達學生發生意外消息時，卻顯得格外搞笑。年紀都已經三十歲中半了，都到這年紀，不是早就該接受自己單眼皮的事實了嗎？要不然早就去動手術了吧。班導師對於自己要不是「重返單身[3]」，就是「敗犬女王」的小道消息傳得沸沸揚揚時，眼睛眨也不眨，始終如一堅定地表示對自己的私生活無可奉告，在她的眼妝裡也感受到了那一份固執。看起來就像是「功夫熊貓」妹妹的濃粗眼線，徹底展露出了班導師的性格。

「他現在的狀況很危險嗎？」

坐在後排的吳在烈鐵青著一張臉問道。平常都在欺負人家，現在才來假裝擔心？

「目前說是沒有生命危險，至於受傷的程度等我去了醫院了解狀況以後，明天再告訴你們。」

班導師一回答完，吳在烈就立刻展露出笑容。搞什麼啊？只要沒死就沒關係的意思嗎？這白目的傢伙！寶美忍不住對和旁邊同學嘻皮笑臉的吳在烈翻了一個大白眼，接著將頭轉回前方，卻看見姜宇宙皺著臉緊咬著雙唇的模樣，這傢伙又是怎麼回事？

三十名男女合班的二年四班教室裡，沒有一天是安安靜靜的，在旁邊的三班和五班也是一樣。十五歲的年紀，十五歲正是和洶湧澎拜的岩漿一樣危險的年紀，就算隨時火山爆發也不奇怪……

③結了婚又離婚的人。

星期二早上，朴勇氣的座位當然還是空蕩蕩的，但是就像是少了一個如同雞肋一般沒用的樂高一樣，似乎一點兒也沒差的樣子，如果要指責這種想法很奇怪，寶美也無話可說，反正自己就是這樣覺得。但是朴勇氣的空位就像火山爆發前的地殼變動一樣，隱藏著無聲的強烈衝擊。

朝會時間，為了要和走進教室的班導師行禮而起身的班長，卻遭到班導師冷冷地回應說「不用了」，這是個危險的信號。班上同學們馬上就發現苗頭不對，立刻閉起嘴巴端正姿勢坐好。班導師隱隱散發出了危險信號，用雙手抓住講桌的兩側和拒絕問安行禮這可是一級的警戒警報啊。之前春天，金珍熙在校外抽菸被生活指導老師抓到而強制轉學的時候，班導那時的表情就跟現在一模一樣。留著一頭端莊整齊的短髮，就連BB霜也不擦的金珍熙竟然是個老菸槍……，嬌小的個子搭配上可愛的臉龐，是一個足以激發任何人保護本能的孩子。就是因為這樣的孩子闖禍，衝擊的程度可以借用古羅馬凱薩曾說過的話「金珍熙，竟然連妳也是！❹」，現在從班導師的行為來看，和那時候是差不多等級。因為不知道火花會往哪個地方噴濺，如此一來的話，應該要繃緊神經才是。寶美趕緊確認自己的名牌，並且把捲起來的制服

❹凱薩臨死前對刺殺自己的養子布魯圖所說的最後一句話，代表被自己最親近的人背叛。

裙悄悄地重新放下來。

即使在班長躊躇不定坐下之後，班導師依然不輕易開口，屏息凝神靜靜地站著。就像射擊前的瞄準姿勢一樣，班導師一臉嚴肅且帶著悲壯的神情。

「昨天勇氣被車子撞了，就在學校前面便利商店，要過斑馬線的時候發生車禍的，為什麼勇氣會發生意外呢？」

班導師銳利的眼光像雷射激光似地掃過全部的孩子，彷彿其中某人知道事情來龍去脈一樣的發問。

「你們也很清楚，斑馬線都有安裝紅綠燈，亮綠燈過馬路是絕對不會發生意外的。明明就有紅綠燈，但是勇氣卻視而不見穿越馬路，然後就『砰』！」

配合「砰」的聲音，班導師搥了一下講桌。大概是因為搭配得恰到好處的音效？寶美腦海中彷彿浮現了勇氣被車撞到彈飛在空中的身影，身體不由自主地打了個哆嗦。朝會的時間不長，班導師再度停下話語，與孩子們的眼神交會，班導師的沉默引起大家一陣焦躁不安的情緒。

「意外發生的時間是一點十七分，午休時間結束前三分鐘。應該是想在時間內趕回教室所以心急吧，可是勇氣到底是為什麼要在這麼趕的時間內，急著來回便利商店呢？這個可以從勇氣右手提著的塑膠袋裡得知答案，是麵包！確認了勇氣昨天明明就有吃學校的營養午餐，但是為什麼卻為了買麵包跑去便利商店呢？而且還是五個麵包，你們知道這叫什麼嗎？誰要說說看啊？」

麵包 shuttle❺！坐在隔壁排的宋智萬小聲地開了口。白痴，這又不是真的要你回答的問題，寶美瞪著低下頭來的宋智萬，這人還滿乖的，但就是一點都不會察言觀色啊，嘖嘖嘖。

「勇氣現在手指、手腕骨折，再加上大腿骨折和十字韌帶撕裂，這是需要十週休養才能痊癒的重傷。昨天人還好好在你們身邊的孩子，現在突然變成這樣，你們不覺得哪裡很奇怪嗎？昨天去了一趟醫院和勇氣談了一下，我這才知道勇氣有好一陣子過得很辛苦。雖然這次勇氣的事件以交通意外來處理，但是相信大家也都察覺到這背後內幕了吧？我覺得不能讓這個問題就這樣被含糊帶過，所以花了一段時間說服勇氣，才讓他告訴我這段期間讓他過得很痛苦的三個傢伙的名字。就是你們其中的三個人！」

孩子們一陣騷動，不是他們嗎？可是為什麼是三個人？有些人轉身往後看。

「我相信你們應該都知道是誰，不對，就算別人不知道，當事者自己一定相當

❺跑腿買麵包，來回運送麵包的人。

清楚。就給你們一個禮拜的時間，自首吧！不要再昧著自己良心了，坦誠面對自己做過的事情，不要一直左顧右看的！雖然有可能是他，但也有可能是你，覺得不是自己嗎？不要太有自信！因為三個人之中，也有讓人意想不到的人物，所以我也非常驚訝。如果霸凌勇氣的三個人自首的話，我不會把這件事情送交到校園霸凌委員會，會在我這邊解決這件事情。希望到下禮拜為止，所有事情都能夠解決。今天朝會就到這裡。」

鄭惠妍抓住要下講臺的班導師。

「如果那三個人都不自首的話，會怎麼樣呢？」

該說她的確有以外語高中為目標勇往直衝孩子的風格，作風相當乾脆明快嗎？但是惠妍啊，有目標是不錯的，不過現在應該不是問這個問題的好時機吧？

如果能夠把這話說出口的話，那該有多好啊？寶美的嘴唇動了動又緊緊閉上了。在首爾生活了六個月，寶美成了「自言自語達人」，曾經夢想成為主播的偉大抱負都去哪兒了呢？總是在內心犯嘀咕，太糟糕了，真是太糟糕了……一股慚愧感油然而生。

班導師似乎有些不高興，皺起了眉頭。

「好奇嗎？其他人大概也很好奇吧。我也苦惱過這個問題，但是現在剛好想到解決方法。聽到朋友受傷了，但是卻一臉置身事外，因為你們的表情真的讓人覺得滿受傷的，我現在要你們自首是為了要從寬處理，但是如果是相反的情況，就應該要接受殘酷的懲罰才行。如果這三個人不自首的話，這件事情就會定義為集體排擠，讓你們所有人都在放學後接受團體心理輔導。」

喀喀喀，班導師高跟鞋的聲音彷彿法官的槌子聲一般，莊嚴地迴盪在空中，原來連換穿室內拖鞋的心思都沒有啊。班導師離開之後，寶美嘴裡吐了長長的一口氣，不知道是不是因為緊張，感覺一下子全身力氣盡失。

當班導師一離開教室，原本安靜坐在位置上的孩子們就像分子運動一樣，分散在各處各自成群。

「到底怎麼一回事啊？不是兩個人是三個人？」

「不是說有讓人意想不到的人物嗎？」

「有兩個是確定的，結果剩下最後一個人是變數啊。」

「什麼團體心理輔導嘛，這也太過分了！馬上就要期末考了，竟然只因為那三個人，卻連我們都得要遭遇這種事情？」

有幾個人毫不掩飾地就往許治勝的方向看去，而寶美的眼神則是看向姜宇宙。剛才班導師講完話時，姜宇宙明顯就像鬆了一口氣，感覺放心了的表情？究竟姜宇宙心裡藏著什麼秘密？

「該不會是因為勇氣家裡很有錢，所以班導師的反應才會這麼誇張吧？」可能是因為看太多第四臺的美劇？所以張亞嵐發表了一段陰謀論，但是趙秀珍覺得班導的反應一點都不誇張，是因為勇氣傷勢太嚴重了才會這樣。對於趙秀珍的話，張亞嵐稍稍歪了頭，大概傾斜五度左右吧，這是當她覺得不是很滿意時會有的動作。沒察覺張亞嵐歪頭背後的意思，粗神經的趙秀珍只說了「啊，愛睏」，就趴在桌上了。因為高個子又搭配著一頭短髮，如果再穿褲子的話，看起來活脫脫就是一個少年的趙秀珍可能有著比粗繩還粗的神經，一點也沒把張亞嵐雷射激光般的眼神放在心上，就趴下去瞇了一下。

從「他們自己會去自首吧」持樂觀肯定態度的宋智萬，到想著「乾脆不去補習，接受團體心理輔導也不錯」不懂事的李英燦，一群孩子就像是連珠砲似地你一言我一句，但其中，就是沒有任何一句話是擔心朴勇氣的。寶美才在心裡想大家真是太過分了，突然什麼閃過腦海嚇了一跳。

「吼，電話！」

完全忘得一乾二淨了，昨天午休時間寶美申請了外出證去看了眼科，因眼睛突然有些充血狀況，保健老師擔心是傳染性疾病，催促寶美急忙去眼科就診。不知道是幸還是不幸，寶美罹患的是常見的病毒感染，她拿著藥，正要回學校的時候，手機在寶美要踏入校門的前一刻響起。

「朴勇氣？」

手機螢幕畫面顯示著朴勇氣的名字，真是神奇，我什麼時候存了他的電話？這才想起來是因為某一次分組作業，所以有了他的電話。他為什麼打電話給我呢？怎麼沒有把手機交出去？在和平國中裡，所有學生在早上時都得交出自己的手機，寶美因為外出看醫生的關係，所以可以暫時拿回來，但是朴勇氣是為什麼呢？雖然感到有些好奇，但是比起好奇心，更覺得麻煩，所以拒接了電話。加快了腳步正要往學校大樓走去，在川堂的朴勇氣朝著寶美揮揮手，接著手機又再度響起。

「原來是看著我打電話啊，可是有什麼事呢？」

距離有點遠，但是兩人的確都看到對方了，雖然假裝沒看見對他有些抱歉，然而如果和他攪和在一起的話，可是一點好處也沒有。寶美悄悄地將頭轉向旁邊，午休時間也沒剩多久了，點完眼藥眼睛刺痛沒看見，這是個很好的藉口。以最快的速度將手機塞到制服口袋裡，手機又響了幾次之後就悄然無聲了。萬一在川堂碰到面的話，死也要說自己沒看到他，可是就在鈴聲停止的同時，朴勇氣也消失不見了。

「到底是有什麼話想要對我說呢？」

從時間點來看，是朴勇氣去買麵包的路上，因為知道我申請了外出證，所以想要拜託我幫忙買嗎？該不會在我進校門口前就一直盯著我看吧？如果那時候我幫朴勇氣買麵包的話，他也不會出意外了……只要過了斑馬線就是便利商店了……班導師給的看診費用也還有剩……後悔湧上了心頭。

「等等，班導師說的意想不到的人物，該不會就是我吧？」

突然，一陣不安襲湧而來。把手機放入口袋時，不知道勇氣有沒有看到呢？朴勇氣可是不用戴眼鏡的人呢。不可能的，距離算滿遠的，不管視力再怎麼好，也不會看得那麼仔細，而且不過是兩通電話沒接而已……更何況剩下的錢也不夠買麵包啊。我可是有很多正當的理由能拿來當藉口呢。

「雖然對他的態度有些冷淡，但並非關係不好，所以不可能說出我的名字。不對，對於意外發生有決定性影響的是我啊！」

自責與怯懦的辯解就像雲霄飛車一樣，不停在腦海中快速地起起落落。

「喔，那種程度的話，完全就是遊戲之神啊！什麼時候等級爬這麼高？」

吳在烈的大聲嚷嚷打斷了寶美的思緒，這麼厚臉皮的傢伙都有，我才不算什麼咧。看到吳在烈的模樣讓人感到安心，說自己是勇氣的朋友，每天都混在一起，竟然一臉天下太平的樣子！

可是，朋友？這個班上到底有幾個人會覺得自己是朴勇氣的朋友呢？分不清什麼時候該站出來，什麼時候不該站出來、絲毫沒有幽默感、功課不好、個子又矮不隆咚、還沒過變聲期，所以聲音仍相當尖細的人，在寶美眼裡，注定被霸凌的孩子已經出爐了，對不起，就是像朴勇氣這樣的孩子。

大家都叫朴勇氣「繼承者」，說他以後會繼承他爸爸十三億的家產，所以不用念書也沒關係，說什麼和你們這些人是不一樣的？雖然不知道朴勇氣實際上有沒有說過這種話，但是傳聞已經散開來了。可是很奇怪，既不是十億也不是二十億，是十三億！寶美對於這麼具體的數字金額更感到訝異，爸爸曾經說過即使把寶美以前住的果園土地全部賣掉，連兩億都不到，而且連首爾的一棟房子都買不起……可是像朴勇氣這樣的傢伙竟然可以繼承十三億？寶美聽到的當下驚訝地張大嘴巴。看著自己腳上那雙因為穿了很久大拇趾處因而凸起的老舊運動鞋，寶美意識到原來在教室裡就可以目睹到新聞上所說「社會兩極化」的現象。

朴勇氣是一個在許多方面都很明顯看得出來是有錢人的孩子。

「哇，朴勇氣穿的是限量球鞋耶，原來繼承者的傳聞是真的啊？」

一臉寫著「我就是不良份子」，不管繫領帶的規定，總是解開制服襯衫鈕扣的吳在烈明顯不懷好意地問時，朴勇氣像不知道聽不懂這些挖苦諷刺一樣，還高興地點點頭。就連五月才轉學過來的寶美一看也知道「喔，要小心這傢伙」、「那個孩子看起來很愛瞎胡鬧，但只是泛泛之輩」、「那個孩子是學究派的模範生啊」等方式掌握了全部孩子的分類，可是朴勇氣可能不具備這種觀察眼力，還在炫耀新買來，可以像手錶一樣戴在手腕上的手機。不知道朴勇氣到底知不知道，那時候吳在烈的眼睛正閃閃發亮？

「他看來有點危險……」

寶美把朴勇氣和許治勝、吳在烈歸類為危險因子。是因為總是搞不清楚狀況的朴勇氣他的無知，才會釀成今天的意外嗎？朴勇氣到底是受了多嚴重的傷呢？無法加入騷動亂哄哄孩子之間的寶美，獨自陷入了沉思。

第一節課是社會課，不知道朴勇氣發生意外的消息是不是還沒傳到教務處，社會老師看了看朴勇氣的空位，只問了一聲「缺席？」就不以為意地帶過了。

耶穌把九十九隻羊丟在田野裡，四處尋找走失的那一隻羊，可是學校可不能這樣，就算耶穌活著回到這間教室裡，也會和社會老師有一樣的反應。首先，鄭惠妍就不會放任不管吧，她肯定會運用邏輯來說明拋棄那隻羊，才是為多數人著想……

鄭惠妍的表情一點變化都沒有，仍像昨天一般專心地聽課。

寶美不知怎麼地覺得朴勇氣的處境有點可憐，回頭看了看他的空位。朴勇氣的位置就像是偶然般地位在教室的中央，剛才看起來就像是小小樂高積木般的位置，現在卻看起來極度像一個凹陷的洞，洞裡似乎有著無論什麼東西都會被吸進去的黑暗，以及可能會從無法測量的深度中散發出的恐懼。

「反正那三個人自首的話，事情就結束了嘛。」

但是，那個意想不到的人物到底是誰呢？是看起來很焦急不安的姜宇宙？不太像他的樣子，因為在姜宇宙身上找不到一丁點敢欺負任何人的膽量，跟另外兩個確定的嫌疑犯差很多。

趁著老師在黑板上抄寫的空檔，又轉過身回頭看，許治勝深深地低著頭，吳在烈則是舉起拳頭，對著對到眼的寶美挑釁地說「看什麼看？」。主謀與共犯的模樣形成了鮮明的對比，但是誰是主謀呢？兩個人之中誰的罪又更重呢？不對，昨天午餐時間到底發生了什麼事情呢？

宰彬

雖然是學習悠久民主主義發展過程及其意義認真的時間，但是教室裡卻意外出現了笑聲，因為發不出「義」字發音，慶尚道男人的社會老師，宰彬也忍不住噗哧呵呵地笑了出來，雖然也知道現在不是笑的時候，但是身體卻誠實地率先做出反應。

「民主主呃呃、呃呃❻。」

因為孩子們的笑聲，整張臉變得紅通通的社會老師說著不像辯解的辯解。

「別笑了，最近在連續劇裡講著方言的演員不是也都很有人氣嗎？有人說這也是一種第二外語的能力，懂嗎？好，現在開始說明民主主呃之花，選舉和參政權。」

賦予市民參政權的歷史並沒有想像中的那麼久，不管是誰都能投一票的平等，也是許多人站出來抗爭爭取而來的結果。

宰彬特意環顧了教室，少了朴勇氣的二十九位選民，如果讓這間教室裡的人投票選出三名嫌疑犯的話，究竟大家的票會投給誰呢？不管怎麼想都是許治勝、吳在

❻因為「義」的發音「의」念起來有點像是「呃一」，但因為方言發音，社會老師只能發出「呃」的音。

烈應該會拿到許多票吧，但是如果不是不記名投票的話，大家是否還能夠理直氣壯指出那兩個傢伙呢？

和平國中一年級中，各自很有名的——不是好的那種有名，而是惡名昭彰的那種有名——兩個傢伙因為學校的行政疏失（？）被分到同一班，發揮了一加一大於二相得益彰的效果。相得益彰是用在好的方面，所以該說是反效果才對嗎？尤其是吳在烈在遇到了許治勝之後，簡直像是遇到水的魚一樣，活蹦亂跳。如果說許治勝有著與年級「老大」相稱的高大身材，吳在烈則是身高差不多只有一百六十公分的矮小個子，瘦小身材搭配著一雙彎彎笑的大眼睛，給人的第一印象就像是個可愛的小學生一樣。但是吳在烈憑藉著與生俱來察言觀色的能力，成為了許治勝的左右手，站穩了第二的位置，光是昨天的事情，吳在烈搞出來的成分感覺更大。

「哪有魚板湯裡只放了白蘿蔔和蔥？還有，這個炒蒟蒻又是什麼東西啊？」

營養午餐的菜單的確是很不怎樣，因為就連食量不大的宰彬也馬上就覺得肚子餓了，本來想等等去補習班之前，要叫媽媽烤個麵包才行，這個想法才剛閃過腦子，馬上就打消念頭了，看看口袋裡所剩無幾的銅板，連買碗泡麵都不夠，所以只好先忍忍了。

每次只要提到營養午餐沒什麼好吃的話，媽媽就會把存在手機裡的 D 科學高中營養午餐的照片拿給他看。

「知道真食物吧？聽說這裡是大企業食品公司提供的營養午餐，你看看這照片，已經感覺到視覺上的不同了吧？跟一般高中完全不一樣吧，像你這樣挑嘴的孩子，一定要上科學高中。」

如果說覺得制服很不舒服的話，就會提到 S 外語高中是名設計師設計的校服，如果抱怨和高中部一起用體育場，得看學長姊臉色的話，就會提到有室內體育館的 H 國際高中。不管什麼話題，宰彬的媽媽有著將結論引導到特殊科目高中的特別才能。

如果吳在烈跟他媽媽說營養午餐不好吃的話，她會說些什麼呢？總不會教他去搶朋友的麵包吧，但是無關父母怎麼教，吳在烈正是這樣行動的。

「欸，王子，大哥有點肚子餓，看在幫助貧困鄰居的份上，可以去幫忙買一下麵包嗎？」

許治勝派的人馬總是喊朴勇氣「王子」，也很常叫他跑腿買麵包或飲料。法律上雖然明文規定了一人一票平等的選舉原則，但是法律上並沒有規定每個人說的話都具有相同的份量，在教室裡也沒有這樣的原則，許治勝和吳在烈的一句話，卻有著沉重的份量。

朴勇氣聽了吳在烈的話之後，反問「現在？」，平常花費也算大，如果在乎麵包這點小錢也滿可笑的，但是現在問題不是錢，是時間啊。

聽了吳在烈的話，宰彬看了看手錶，現在要走到學校外的便利商店再回來，時間上有點趕，再加上如果還要避開警衛大叔的眼目，就不能光明正大從校門出去，得要翻過低矮的後牆，而且還要過個馬路，要在十分鐘之內來回，看起來是不太可能的事。校長為了要消滅麵包 shuttle 的現象，所以關閉學校裡的販賣部，但是校長的這項措施，反而造就了這如此繁瑣長距離的麵包 shuttle 誕生。

「今天不是才六堂課，稍微忍一下吧。」

許治勝似乎也和宰彬想法差不多，看樣子像是在勸阻吳在烈。坐在許治勝旁邊的宰彬就只看到這裡了，為了要準備第五節課科學實驗的東西，先離開了教室，而且因為大家分組坐在不同實驗桌的關係，就連朴勇氣第五節課沒來都不知道。這段期間教室裡究竟發生了什麼事呢？吳在烈絕對不會在沒有許治勝的允許下行動，那麼，許治勝最後也點頭答應了嗎？

寶美

就算朴勇氣不在，與平時沒什麼不同的一天就這樣過了，雖然朴勇氣的座位就位在每個人的視野之內的中央位置，但是誰也不往那邊看。原本就沒有什麼存在感的孩子，所以才會這樣，但是寶美心想，即使是我不在了，大概也是這樣吧，覺得有些悲傷。突然腦海中浮現了很久以前的記憶。

「歐耶！超過三十八度了！」

剛從耳朵抽出的耳溫槍上顯示著三十八・四的數字，頭也發燙熱呼呼的，可能是和天生莊稼人的爸爸體質一樣，健康的寶美一次也沒有缺席過，但是晚上開始全身發燙，就開始大呼小叫地喊著自己身體不舒服，於是終於第一次得到了缺席的許可。

看著媽媽傳簡訊給班導師說自己會缺席，寶美突然開心得感覺自己好像完成了什麼了不起的大事。雖然下定決心要懶散度過，但是第二天一早還是跟平常一樣睜開眼睛醒了，強迫閉上圓滾滾的眼珠，在被子裡滾來滾去，再慢慢地起床之後，看著以主婦為對象超無聊的電視節目，吃完早餐，又再度無所事事，可是時間卻還是停留在上午，還以為是時鐘停而檢查電池，覺得一整天怎麼會這麼漫長，好奇懶洋洋和無聊的差異是什麼，時間就這樣一點一滴流逝了。

度過無聊煩悶的一天，第二天要去上學時無緣無故地發抖，如果有人問我是不是很不舒服的話，要怎麼回答才好？要說我發燒不舒服到快死掉嗎？還是說已經都康復了呢？一邊煩惱著，一邊走進教室，結果只有幾個比較好的朋友說「喔，寶美來了耶。」就結束了。霎時了解原來就算沒有我也無所謂啊，留下了比感冒更痛苦的回憶。

朴勇氣在醫院裡做什麼呢？會不會像僅僅只是感冒，卻還期待朋友們的關心和擔心的寶美一樣，朴勇氣也在異想天開的幻想著呢？「朴勇氣今天會這樣，我們全部的人都是罪人，語畢，所有的孩子全都爬到書桌上雙膝一跪流著眼淚……」朴勇氣如果知道自己有幾斤幾兩重的話，就不會做這種不切實際的幻想了。這種戲劇化的事是不可能發生的，這就是現實。

「期末考的範圍出來了，數學範圍真的不是開玩笑的。」

「歷史光是要背的講義就有十張啊。」

「這次實作評價徹底完蛋了，就算是紙筆考試也得要考好才行。」

教室就是充滿著這些極其現實對話的地方，當然偶爾也是會發生一些非現實的流血事件……

第五節課結束後的休息時間，在教室後方發生了一場衝突。李英燦和宋智萬講沒幾句話，突然開始拳腳相向，雖然經由孩子們的勸架，這場紛爭很快就落幕，但是宋智萬流了鼻血，甚至還滴到了制服襯衫上，由於兩個人在體格上的差異，宋智萬可以說是挨打的一方。

「到底是為了什麼打架啊？」

雖然不知道是誰喃喃自語地發問，但是為什麼打架不重要，而且也沒有多餘的心思去了解，和平國中是一個以預防校園暴力為重心的學校，學校還有一個令人無語、荒唐的校規，那就是如果被學校發現有發生這樣的打鬥情況，整個班級的學生都會被集體處罰。

「你不知道上次一班的人被罰用鴨子走路繞操場三圈嗎？如果因為你們被抓到的話，我可饒不了你們。」

本來血氣方剛的宋智萬和李英燦還想繼續打，但聽到其他同學們的責難也顯得有些猶豫退縮，最後兩人只好鬆開緊握的拳頭。幾個孩子衝了上去，先脫去宋智萬的制服襯衫換上體育服，又有人以最快的速度拿著濕紙巾擦拭著宋智萬鼻子周圍，把血漬清乾淨。有些尷尬的李英燦把露在外面的制服重新塞回褲子裡，整理了衣著。

其他人扶起倒下的書桌，整理亂七八糟的周遭，僅僅不過用了三分鐘，第六節課開始時，除了漂浮在空中的一些灰塵，一點都看不出混戰打鬥的痕跡。和平國中的和平，總是這樣岌岌可危地守護著。

下課之後，班導師走了進來，表情依然沒有變化，不知道是因為生氣？還是已經恢復平常心了？粗粗的眼線一動也不動，只說了一般的通知事項就結束了放學前的導師時間。

「在這段時間已經有人自首了嗎？」

沒存在感程度跟朴勇氣不相上下的寶美實在很想開口詢問，但又顧忌他人的臉色，在這之中，最適合問這種問題的人，就屬鄭惠妍了，可是她卻忙著收書包無暇顧及這些，反正犯人不是自己，所以一點也不好奇。

就在此時，金幸彬舉起手。

「請問如果想去探望朴勇氣的話，可以嗎？」

果然很像班長會問的問題，班導師眉頭稍稍一皺回答道：

「勇氣現在是得花上十週才能痊癒的重傷，而且他也坦承是因為校園暴力才會發生這樣的意外，勇氣的父母現在知道實情了，可以說是相當生氣。我先請他們等孩子們自首，所以目前為止才沒向學校說什麼，可是看到你們的臉可能會難忍憤恨也說不定，他們也真的這樣說了，為了勇氣的安全著想，誰都不想見，短時間內先不要去探病。」

語畢，轉身走出教室門的班導師，肩膀顯得很是僵硬。

穿過窗子的晚秋陽光將走廊切成了兩半，陰影與陽光相肩並存。怕被抹布的髒水噴到，而脫掉制服外套的寶美站在有陽光的這一邊拿著拖把拖地。因為直射的光線，漂浮在空中的灰塵清晰可見，雖然顯得有些不順眼，但是溫暖的感覺真好，是啊，難道陰暗處就沒有灰塵嗎？只不過就是眼睛看不見而已……

令人覺得奇怪的是，學校走廊總是涼颼颼的，就算是炎熱的夏天卻一點也不會覺得熱。迷信神鬼之說的某個學生說，這是因為成績關係而提早離開這世界的那些前輩們的冤魂進不了教室，只能在走廊上徘徊，所以不管暖氣怎麼開都還是很寒冷，但是走廊上本來就沒有裝置暖氣就是了。

學校本來就是最適合這種陰森森怪談的地方，因為幾百名青春洋溢的學生齊聚的地方，如果沒有一件令人震驚或是不可思議的事情，反而才奇怪呢。寶美現在站著的走廊也是，陽光與陰影完美地將走廊一分為二，就算有什麼怪力亂神的傳言出現，也一點都不奇怪啊。再加上彩度較低的灰色牆面和一張張表情生硬的偉人們的照片，也為這陰森的空間發揮了一己之力。

這週寶美負責的外掃區域是教務處的走廊，教務處的出入口一共有三個，一起負責打掃的徐娜萊正拿著拖把拖著第二個出口的陰影處，掛在那裡的偉人照片是海倫凱勒嗎？

「娜萊啊，覺得冷的話，要不要交換？」

寶美想起已經到了春天卻還戴著手套的娜萊所以問問看，徐娜萊說不要，果斷地拒絕了，比起在太陽下臉被曬黑，倒不如冷還好一點，甚至還勸告寶美說「妳也小心一點，不要讓鼻子周圍長出小雀斑了。」話雖如此，徐娜萊對著抓著拖把的雙手，靠在嘴邊呼呼地哈氣。

「就打掃這段短短的時間是又能被曬到多少……」

低著頭拖著地板的寶美視線投向徐娜萊骨瘦如柴的小腿，徐娜萊瘦到初次見到她的人都會忍不住皺起眉頭，只要再瘦一點，體型就差不多跟非洲難民一樣。但是，即使如此她飯還是吃得很少，就算寶美總是提醒她再多吃一點，徐娜萊總是說自己得要調節飲食，而把營養午餐餐盤給推開。

徐娜萊是寶美轉學到和平國中後，交到的第一個朋友。當娜萊聽到寶美說自己是從「邑⑦」轉學過來的，娜萊便說鄉下的孩子都滿純樸、很好的時候，寶美噗嗤笑了出來，現在網路發達早已讓全世界連成一體，只是因為住在邑的理由，而覺得那裡的人都很純樸的徐娜萊，在寶美眼中才是更加純真呢。寶美一點也不純真，她反而相當會察言觀色，甚至還會聽到有人說她像個大人一樣成熟。

「妳知道我的夢想是什麼嗎？我只跟妳說喔，我以後想成為模特兒。妳也知道制服設計得很鳥，所以可能看不出來，其實我的腿還滿長的，只要維持現在這個狀態再長高二十公分的話，就和穿梭在伸展臺上那些有名的模特兒一樣了。妳覺得呢？」

如果人生可以照著自己所期望的方向前進，那該有多好呢？但是對於徐娜萊的話，寶美只是點點頭，因為從頭到尾寶美都沒有想要潑冷水的意思。那一天因為寶美反應而燦笑的徐娜萊，是多麼美麗，但是，想要再長高二十公分的話，是不是該再多吃一點呢？寶美長高五公分的期間，徐娜萊的身高仍停留在春季末時量的一百五十七公分，當然，她本人就算馬上要死了，也還是會堅持她有一百六十公分……

可能是因為懷抱著模特兒的夢，徐娜萊對外貌相當在意且執著。那個人腿又粗又短，所以也撐不起來那件衣服，隔壁班那個人只有個子高而已，身材看起來不怎

⑦韓國地方行政區劃分單位，市或郡底下的行政單位。

麼樣，去年同班的那個人因為胸部大，所以顯胖……

有時候，徐娜萊批評的冷箭也會射向寶美。

「妳這丫頭啊，個頭一下子就長這麼高了呢。唉，好羨慕妳喔。可是妳的體重也增加了不少吧？吃飯的時候，我可是兩隻眼睛清清楚楚地看到妳把裙子的釦子解開了，對吧？」

因為長高，體重自然也增加了，轉學來時訂製的制服的確變得有些緊繃。身高一百六十三公分，體重五十七公斤，雖然算是有點豐腴，但是寶美並不覺得自己是個胖子，鼻子雖然不夠高挺有點可惜，但是有著一雙大眼睛，加上唇部線條也很鮮明，寶美從未對自己的外表有過什麼嚴重的煩惱。但是身為自己的好朋友，為什麼可以說出這麼討人厭又可惡的話，因此對徐娜萊言行感到有些不開心。可是即使如此，仍不改變自己覺得徐娜萊是個純真孩子的想法，徐娜萊只不過是對外貌方面感到忌妒又愛加以評論，比起其他那些愛計較成績、外貌、經濟能力等複雜背景條件的大人們，真的要來的單純許多。即使寶美的外貌遠遠達不到徐娜萊心中的標準，而被毫不留情面批評時，也仍舊這麼認為，所以當徐娜萊指著寶美左邊臉頰上的酒窩，並說「因為只有這邊有，所以不均衡」的時候，寶美才能泰然自若開玩笑地回嘴說「那我右臉要動手術囉」也正是因為這個原因。

就連疑心與忌妒都明白寫在臉上的孩子，那就是徐娜萊啊，希望能夠展翅高飛而取的名字❽，可是在陰影處彎著腰拖地的徐娜萊實在太瘦小了，好像隨時都會消失不見的感覺，寶美實在很擔心，就算賭上性命也想長高二十公分的徐娜萊無法展翅高飛。

突然出現在教務處門口閒晃的許治勝打斷寶美的思緒。

「喂，要進去就快點進去，我要拖那邊的地。」

徐娜萊拿著拖把往他腳邊推了推，許治勝說「算了」，就往川堂方向離開了。雖然許治勝是我們年級裡的老大，但是絕對不欺負女生，這是許治勝的信念。那麼對男孩子揮舞著拳頭就沒關係的意思嗎？這是哪門子的信念嘛？寶美忍不住嗤之以鼻地冷笑了一下。但是也有女孩因為這個信念，感到瘋狂著迷的，聽說有幾個女孩還對許治勝發起了禮物攻勢，向他告白呢。總之徐娜萊能夠這樣放心地嘟囔，也算是託許治勝那獨特信念的福吧。

與之相反的，吳在烈卻是對任何人都完全毫不留情的，不管是男生、女生都不

❽在韓文文學表現中，娜萊（나래）有翅膀之意。

會有特別待遇，對那些自己能夠使喚的孩子們，總是隨心所欲任意呼來喚去。上次美術課時，問都沒問一聲就把寶美的水彩盤拿走，美術課結束時才還回來，而且一點也不覺得抱歉地對寶美說：「謝啦！很好用。」那模樣看得寶美為之氣結無言以對。

「寶美啊，許治勝現在該不會是為了要自首才來的吧？」

這麼一想，如果不是這樣，許治勝沒道理要在教務處門前遊蕩。想起他猶豫不決的臉孔，這個可能性的確很大。

「早知道不要趕他了，可是為什麼沒跟吳在烈一起，而是自己一個人來呢……」

徐娜萊帶著有些遺憾語氣，尾音有些模糊。

「沒必要連自首都一起吧，我是這樣想啦，雖然治勝是那群裡的老大，可是跟其他同學借點錢的那些小手段都是在烈做的，所以就算是他們兩個造成這件事情發生，在烈的錯會不會更大呢？意外那天的麵包 shuttle 事件，不也是在烈指使的？一起來自首的話，如果被吳在烈所犯的錯給牽連的話，也覺得很討厭吧。」

聽了寶美的話之後，徐娜萊突然反應很激動地跳腳，並叫寶美不要隨便說自己根本不知道的事。

「如果只看那天的事情的話，或許有可能是這樣，但是治勝可是比在烈地位更高的老大啊，所以有了治勝的允許，在烈才會去做那些事情的點來看，治勝的罪才更重。上次在電視裡看到，有個東西叫教唆罪，教唆別人犯罪的人罪更重耶。」

聽了徐娜萊的話之後，好像也是如此。突然有了可怕的想法，班導師說自首的話就會原諒，徐娜萊說搞不好許治勝是教唆罪……怎麼變得好像是真的犯罪事件啊，雖然麵包 shuttle 是壞事，但是有到被稱為犯罪的程度嗎？而且還是才十五歲的孩子所做的事？

「不過，寶美啊，妳覺得第三個人可能是誰？」

走廊上雖然什麼人也沒有，但是徐娜萊向寶美走近，並且小聲地問道。孩子們在某個瞬間開始，稱呼班導師口中那令人意想不到的人物為「第三個人」。第三個人啊？很肯定有許治勝、吳在烈，但是對於剩下的最後一個人倒是沒有什麼想法，因為所有人對朴勇氣多多少少都有些無視、占便宜、取笑捉弄他，雖然想要相信那第三個人不是自己，但是就連寶美也沒信心。

寶美說「這個嘛」，口氣有些含糊，徐娜萊一把拉了寶美過來，靠在寶美耳朵竊竊私語地說，好像自己知道是誰。

「真的假的？會是誰？」

寶美驚訝地反問，這次徐娜萊往後退了一步有些迴避。

「因為還不確定，現在講的話好像有點那個，我先去跟班導說我們打掃完了以後回來，妳先整理拖把。」

徐娜萊好像是故意避開一樣走進了教務處。徐娜萊總是在關鍵時刻退縮，雖然曾經幫她找藉口想說，因為個性比較謹慎，所以才會比較小心，但是卻又覺得是不是因為她不夠信任自己，而感到有些不是滋味。

寶美把拖把放到走廊的末端，從半掩的教務處前門看到徐娜萊，想說徐娜萊該不會想瞞著自己，先去跟班導師洩漏口風吧？但是班導師並不在位置上。班導師旁邊是音樂老師的位置，徐娜萊好像正在端詳著音樂老師書桌上的某樣東西。

音樂老師是一班的班導師，一班裡有崔正珉，徐娜萊曾經喜歡過的人。當然，徐娜萊反應很激動地撇清關係說她才沒有喜歡他，但是暗戀的心情可不是想要隱藏就可以藏得住的。也許音樂老師把今年春天去故宮校外教學拍的團體照放在桌上，而照片中有著某位少年的面孔。

「原來在看崔正珉的照片啊，呵呵，到現在還是喜歡他呢。」

因為只是瞥了一眼，寶美並沒有注意到徐娜萊一臉嚴肅的，視線盯著某個地方看，也不知道她之後緊閉雙唇臉色僵硬地走出教務處。寶美整理好拖把回到教務處前時，徐娜萊已經拿了原本放在走廊窗邊的書包，咻地一下就跑走了，像是沒聽到寶美在身後大喊著「娜萊啊，一起走啊！」的呼喊聲一般。

治勝

一回到家，「嚓咔」玄關的燈亮了，經過了空無一人的哥哥房間往廚房走的治勝，隨手就打開冰箱門拿出水壺，接著高舉著水壺，咕嚕咕嚕直接以口對著水壺喝水。其實他並不覺得口渴，只是想要發出適合廚房的聲音罷了。

把書包丟到一邊，坐在客廳沙發上的治勝環顧著家裡四周。可能是打掃阿姨來過，陽臺裡掛滿著洗好的衣物，客廳桌上原本亂七八糟擺放的遙控器，現在也被收拾得整整齊齊，所有一切都被擺放回原位，只是這個家少了人的溫度與聲音，沉浸在寂靜之中。

治勝很討厭這種寂靜，所以才會故意製造一些噪音，啪噠啪噠地拖著腳走路，把水龍頭打開讓水嘩啦嘩啦的流，「砰」的一聲關上冰箱門，又打開了收音機。

"When times get rough and friends just can't be found like a bridge over troubled water I will lay me down. Like a bridge over troubled water I will lay me down……."

習慣性隨手打開的收音機裡，響起一陣熟悉的旋律歌曲，是媽媽曾經很愛的那首歌。歌詞是在說想要成為這險惡世界的橋樑嗎？媽媽真的離開了這險惡的世界了，被指責放下了好好的丈夫，跟別的男人搞外遇……因為離婚責任在媽媽身上，加上經濟狀況也不如爸爸，所以媽媽不得不留下孩子，離開這個家。

雖然已經是三年前的事情了，但是想起媽媽離開的那天，至今仍舊忍不住會覺得鼻酸。

「離婚有什麼大不了的？」

治勝不耐煩地按下了收音機的按鈕，整個家，再度陷入一片沉寂之中。

等一下要去補習班，但是還有一個小時的空檔，沒事可做，不對，是沒有想做的事。覺得既無聊又煩悶，這時就覺得剩下的時間很難熬，通常這種時候就會和吳在烈一起去網咖，但是今天一點也不想這樣做，平時總是不斷傳來詢問在哪間網咖、在哪裡集合見面的「咖透」[9]訊息，今天也悄然無聲。其他的孩子們大概是因為朴勇氣事件，所以全都看狀況不對躲避著治勝。

「勇氣這傢伙，連個馬路都過不好，害得好幾個人被他連累！」

盯著手機的治勝喀啦喀啦折了折手指關節。

⑨KakaoTalk 簡稱，是類似 Line 在韓國廣為使用的通訊軟體。

抬起頭一看，漆黑的電視螢幕上照映著治勝的身影，身高一百八十五公分，體重八十八公斤的巨大身軀，鼻子下方有著黑黑的小鬍子，凸起的喉結，是個近似成人的少年。但是無法抬頭挺胸蜷曲著身子的模樣，不知道為什麼看起來很孤單，每次只要從相框、鏡子、筆電螢幕中看到反射出的自己模樣時，治勝總是會感到驚慌失措。出現在那之中的孩子看起來一直是如此地陌生，所以沒有自信可以將視線停留在那之上很久。

「看屁啊！」

對著電視螢幕中身材高大的少年比了中指罵了髒話，然後「噗通」一聲猛地躺倒在沙發上。一個人面對著空蕩蕩的家實在很煩悶，解開襯衫的幾顆扣子之後，乾脆直接脫下整件丟到一旁，空了好長一段時間的客廳裡的冰冷空氣貼近身體，但是治勝一點也不在意。

治勝想要活得帥氣瀟灑，但是這種欲望憧憬，對於一個才十五歲的少年小小胸膛來說實在太巨大了，壓抑在小小胸膛的欲望，有時候會莫名其妙激起化學作用，噴發出不良舉動，讓治勝看起來就像個壞學生。治勝雖然隱隱約約感到內心裡如同火焰燃燒熾熱的欲望，卻不知道該怎麼去處理這樣的感覺，治勝常常覺得悶憋到無法承受，有時候甚至孤單到想哭，可是更令人悲傷的是，這難以言喻的情緒無法對任何人說出口的事實。

想要躺下來瞇一下也好，此時響起咖透簡訊通知的聲音，帶著雀躍的心情立刻點開來看。

在幹嘛？不是得要對一下嘴？

是吳在烈，瘋子，這種事情竟然用咖透傳。

我們是gay嗎？對什麼嘴。

趕緊回傳了訊息，立刻打電話過去。

「喂，你瘋啦？這種事情怎麼可以用咖透傳？萬一之後要我們把手機交出去調查，你不知道這全都可以查出來嗎？」

治勝對著電話大吼，吳在烈只是溫順地應聲「喔，對耶。」，但接下來結結巴巴地「嗯，嗯」一副有口難言的感覺，拖延著時間，這傢伙想說什麼治勝一下子就了然於心了。

「想問我要不要自首嗎？」

吳在烈「嗯」的一聲應答，可是就像是支援影像通話一樣，腦海中彷彿看到吳在烈大力點頭回答的模樣，吳在烈的一舉一動總是逃不出治勝的手掌心。

「當然要啊，不然你想怎麼辦？」

當聽到朴勇氣發生意外的消息時，治勝意外地顯得相當平靜，就像是約定好的時間到了一樣，從容地接受這個消息。剛才也是，抱著晚挨打不如早挨打的想法去了教務處，但是班導師不在錯失了自白的機會，雖然覺得很害怕，但是並沒有想要假裝不知道賴帳的意思。

「班導師不是說還有意想不到的人物嗎？可是她沒有說是一個人，還是兩個人啊，所以……」

這小子，真的是太奸詐了，整個火氣都上來了。因為班導師並沒有直說意想不到人物的人數，所以他這話的意思是說，如果意想不到的人物是兩個的話，自己就可以被排除在外嗎？只有我是那個確定的兇手嗎？

「所以你是說搞不好不是你的意思嗎？可是，那天要買麵包的可不是我，是你欸。」

本來沒有想到把話說到這種地步的……話一說出口，自己也覺得有些不好意思。

「話怎麼能這樣說？難道你就什麼錯也沒有嗎？」

提高嗓音的吳在烈，句尾的聲音有些破音，雖然因為害怕治勝沒辦法強勢應對，但可以感覺得出來他打算把想說的話全部說出來的意圖。治勝一瞬間火氣湧上，但面對吳在烈即使發脾氣也無濟於事。

「我不是說我會去自首嗎？這種話別再說了，要不要自首你自己看著辦。」

治勝正打算掛掉電話，吳在烈急忙地叫住了他。

「先不要去自首，不是還有剩一些時間嗎？先等等看吧。搞不好意想不到的人物有三個也說不定啊？」

「是喔」，治勝有氣無力地回答後，就掛斷了電話。這傢伙，這算是哪門子的安慰？

治勝又再度倒在沙發上閉上雙眼。心想，如果我是朴勇氣的話，我會指認誰呢？肯定會說出自己和吳在烈的名字，可是，還有一個？總是和吳在烈黏在一起行動的李英燦也拿了不少……而且還動輒對朴勇氣說他很窩囊沒用，總是瞧不起他的張亞嵐應該也無法理直氣壯吧……就算跟她說話卻也總不回答的鄭惠妍，也同樣不把朴勇氣當人看待……

仔細思考意想不到的人物，比想像中的要多，在這之中，究竟朴勇氣說了誰的名字呢？如果我是朴勇氣的話，在這之中……想著想著，突然治勝眼睛用力一睜。

「我幹嘛要站在那傢伙的立場想啊？」

喀啦喀啦就像是要把手指折斷一般，用力拗著手指。

意外發生後　第二天

宰彬

和平國中是現任校長的爺爺所創辦，相較之下學校的歷史較短，從學校的名字也可以看出，和平國中的教育目標是以「和平」的信念為基礎，比起培養人才，更重視培養孩子的品性。灌溉知識打造人才容易，但是培養有品行的人談何容易啊？雖然在取校名時就是已經知道的事情，但是模糊籠統的信念反而帶來了負面的影響。以錄取首爾大學升學率第一，自殺率也第一，相當注重升學率聞名的某地方教育局長，為了要阻止學生自殺，指示校內裝設的所有窗戶，都不能打開超過十公分以上，這麼幽默搞笑的事情，並不是只發生在別人身上而已。為了要消滅麵包 shuttle 而關閉販賣部的校長點子，卻陰錯陽差造成了朴勇氣的事件，沒有比這還要更黑色幽默的了。

儘管如此，為了符合「和平」的信念，和平國中裡有著其他學校沒有的獨特空間，那就是匿名留言板「哇啦哇啦」。當然不是完全匿名，管理留言板的老師知道是誰，如果不是什麼太嚴重的留言，有著不會進行懲處的不成文規定。所以有像是「英文老師的發音爛透了」這種嫌惡文章，但也有「我超愛一年八班的實習老師」這樣的告白文章。即使如此，在「哇啦哇啦」的留言板上並沒有太多的文章，因為不管怎樣放寬標準，畢竟還是學校的官方網頁所屬的空間，而且在管理者還是老師的情況下，不可能完全不在意地暢所欲言。

非常偶爾，也會有超高人氣的熱門文章上傳，是不久前仍是黃金單身漢的音樂老師約會的照片，偶然被目睹了約會現場拍下的照片。音樂老師和女朋友照片的點擊率不是開玩笑的高，偷拍在鋼琴上遊走伴奏修長的手，伸長了手正在自拍的老師情侶偷拍照。上傳照片的學生暱稱也很幽默地寫了「狗仔隊」，當然，現在在留言板上已經看不到那張照片的蹤跡了，很可惜的是，因為這是與個人隱私相關的文章，所以在一天之內遭到快速下架的悲慘命運（？）。

有一陣子音樂老師臉上看起來相當不悅地皺著臉，所以大家都盛傳學校會嚴懲狗仔隊的傳聞，但是一直到後來都沒有公開這個狗仔隊的身分，事情也不了了之。總之，因為這次事件後，有些學生開始認同學校對於堅守「和平」的意志，因此「哇啦哇啦」留言板在宣揚學校的教育理念上起了充分的宣傳作用。

在星期二快要結束的夜晚，除了操場周圍的燈以外，和平國中所有的一切全都進入了夢鄉。白天時，原本不斷輕輕晃動搖曳的窗簾，也因為緊閉的教室窗戶而停在原位，不停被孩子的手用力按壓的飲水機，現在也能夠好好休息，一整天下來不斷被打開、關上而傷痕累累的教室門，現在也沉浸在一片寂靜之中。二樓女生廁所洗手臺的第四個水龍頭沒關緊，往下滴落的水，滴滴答答地發出聲響，但這微弱聲響並不到打破整體寂靜的程度。

這個時間，金宰彬正待在特殊高衝刺班裡，低著頭解數學題目；尹寶美一耳聽著線上講座課程，一邊翻著漫畫看；許治勝和吳在烈在補習班結束之後去了網咖，各自賣力地提升自己線上遊戲的等級，所以壓根兒不知道有一篇文章上傳到「哇啦哇啦」的事。

標題為「朴勇氣交通意外的真相」的短文，那天晚上靠著口耳相傳，創造了大量的留言和極高的點擊率，但是除了那篇文章中提及的孩子，還有像尹寶美這種完全刪除咖透的人，或是像鄭惠妍這種怕簡訊或咖透會妨礙讀書的人，還有像朴勇氣一樣真的被排擠霸凌，沒有任何人關心的人，就在什麼都不知道的狀況下，跟平常一樣度過了這一天的夜晚，迎接第二天的早晨。

宰彬直到來到學校才知道這件事，進了教室那瞬間，已經到教室的孩子們將視線全都投射到宰彬身上。

雖然心想到底怎麼回事，但是本來就跟嘰嘰喳喳的個性相差甚遠，宰彬沉穩地坐在自己位置。正想要搞清楚到底是怎麼一回事時，鄭惠妍走了過來。典型美人臉蛋，加上全校名列前茅的成績，乍看之下以為是完美無缺，但是缺乏人情味是鄭惠妍最大的缺點，表情總是冷冰冰的，甚至被人戲稱說如果用針刺的話，會流出冰水。

「有人知道鄭惠妍是去哪家美容院嗎？怎麼兩年以來都保持同樣的造型，就連長度都一樣啊！該不會在後腦勺裡有裝晶片吧？」

聽了吳在烈的玩笑話，雖然哇哈哈哈地笑，但恐怕大家心裡多多少少都是這樣想的吧，鄭惠妍搞不好是生化人或外星人也說不定，要不然怎麼會有「來自星星的你」這種外號呢？可是一大清早找我，又會有什麼事！

「看你的臉完全一臉不知道的樣子呢，你不知道有文章上傳到『哇啦哇啦』了吧？也是啦，我也是來到學校才知道。那邊現在簡直鬧翻天了，上去看一看吧。」

聽了鄭惠妍的話之後，就拿起手機急急忙忙點開學校網站，看到了標題為「朴勇氣交通意外的真相」，心想這跟我有什麼關係，所以泰然自若地點開來看。當然，讀著文章那張泰然自若的臉並沒有維持到最後。

現在二年四班朴勇氣因為交通意外住院了。雖然是在學校前面的斑馬線上發生的交通意外，但是深入了解事實的話，會發現這是因為校園暴力所發生的霸凌事件。那天朴勇氣在午休時間結束前，為了買麵包而跑去了便利商店，在回學校的途中發生意外的。覺得這只是一場單純的交通意外嗎？我要舉發這次事件的加害者——許治勝、吳在烈與金宰彬，這三個人必須為朴勇氣的意外負起責任，我想這才是所謂的正義。

看完文章的宰彬愣住了，過了一陣子才浮現了「我？為什麼？」的疑問。不知道是不是對發愣的宰彬覺得有些寒心，鄭惠妍推了推宰彬的後背說：「學生部老師管理哇啦哇啦留言板，快去找老師刪掉這篇文章。」

這時候，比宰彬晚到的許治勝與吳在烈走進了教室，兩個人的臉看起來都像是沒事一般的，看來也是什麼都不知道的樣子。

「比起那些傢伙，我去還比較好吧。」

雖然名字被綁在一起，但是宰彬在本質上還是與他們不同。本來班導師來之前要叫大家練習寫四字成語，但是連這也忘了，直接去了教務處。

「雖然知道朴勇氣發生意外，但是竟然有這種內幕啊？夏智英老師什麼都沒說，所以完全不知道呢。哇，半夜才上傳的，你看看這個留言數。」

學生部老師說，這次上傳文章的孩子就是上次爆料音樂老師獨家報導的狗仔隊，所以點擊率才會比上次更高，還說這傢伙真的很會獨家報導這種類似稱讚的話。

瞬間，宰彬內心很委屈又生氣，獨家？這不是用在挖掘被隱藏的真相時所用的詞彙嗎？只限於真實，而非造假的狀況啊。可是這麼誇張不像話的文章，竟然說是獨家報導？

可能是一點都沒察覺到宰彬焦急的心，學生部老師連留言都大聲地朗讀呢。超過五十則留言，一則一則地讀出來，每讀一則宰彬的眉頭就皺得更深。

我親眼看過許治勝叫朴勇氣當飲料 shuttle，我就知道許治勝和吳在烈兩個人總有一天會被抓到，活該，可是金宰彬也有，真的超級無敵震驚，看來金宰彬一直以來都戴著假面具呢……

「老師，先刪除文章吧，一定有同學現在正在用手機看，拖時間的話一點好處也沒有。」

因為路上塞車晚到的班導師，走進教務處，幫他說一句話之後，宰彬這才好不容易鬆了一口氣。

「可是為什麼連你也被牽扯進去？」

學生部老師一臉「你這傢伙該不會也跟這件事有關吧」懷疑地問道，宰彬不知道該回答什麼才好，猶豫了一下，最終只是低下頭來。

「因為是班長，所以才會被別人栽贓要他負責的吧，和這孩子會有什麼關係？就連對總統也不追究連帶責任了，怎麼會要班長負責呢？」

班導師用力睜眼一瞪，畫得粗粗的眼線也跟著抬高，看起來真的很恐怖。大概是多虧這眼線，學生部老師當場就按下了刪除的按鈕。

「為什麼要寫我的名字呢？到底是誰？」

課堂時間裡宰彬一直沒有辦法集中精神聽課，會說朴勇氣事件這一點來看，一定是我們班的同學上傳的文章。

因為個子高而坐在後排的宰彬，看著一個個為了記筆記而低著頭的黑黑後腦勺，陷入到底是誰所為的疑問之中。到底是知道我什麼？到底是誰這麼討厭我，竟然還設下了陷阱？想著想著忍不住心情憂鬱了起來。

「竟然說我是朴勇氣事件的加害者？我到底做了什麼……」

上傳到「哇啦哇啦」的文章中，有著某種確信的感覺，並不是像班導師說的因為是班長，所以才會追究連帶責任，宰彬對此感到害怕。

雖然心想自己和朴勇氣有過什麼過節，但是除了同班以外，幾乎一點交集都沒有。只是因為單純討厭我所以才會亂誣陷我嗎？但是印象中完全沒有對誰做出值得讓別人如此痛恨自己的壞事啊。

不知道和自己名字一起被提到的那兩個人有怎樣的想法，宰彬偷偷將目光瞥向他們，許治勝面無表情，而吳在烈則是垂頭喪氣意志消沉的樣子，這該說許治勝真不愧有老大風範嗎……

「哇啦哇啦」的威力果然真不是蓋的，考慮到僅次於二年級全體人數的點擊率，這也是理所當然的事情。前往專科教室上課，光是離開教室位置就感受到眾人的目光，走在走廊上時也變得畏畏縮縮。

午餐時間之前，被班導師叫了過去。

「以防萬一才問的，真的不是你吧？」

宰彬低著頭回答「對」，雖然沒做錯什麼事，但是卻奇怪地不敢直視班導師的雙眼。

「你明年不是會出來競選全校學生會長嗎？你媽媽說你以後要報考新成立的那所特殊目的高中，是以領導能力為選拔基礎的學校……如果發生這種問題的話，明年就不能出來競選了。真的一點問題都沒有吧？」

班導師再次聽到宰彬的回答自己不是犯人之後，才露出了安心的神色。

「還有，都這麼大的人了，這指甲是怎麼一回事呀？」

不知什麼時候啃咬得光禿禿的指甲露了出來，一整天都入神地沉浸在自己的思考世界中，不知不覺啃咬著手指吧。這是宰彬很難改掉的壞習慣，只要焦躁或害怕時，就會出現的壞習慣，難看的指甲如實呈現出宰彬的內心狀態。

走出教務處，班導師拍拍肩膀並且說「宰彬啊，我相信你。」

治勝

雖然明明同樣是四十五分鐘的課程，但是就像是有誰延長了時間，整堂課變得好漫長。科學課是治勝的致命弱點，已經在補習班裡聽過的內容——聽是聽了，但有聽沒有懂——反正一點興趣也沒有，治勝沉浸在創作漫畫之中，在教科書的書頁邊角處畫上了最近超人氣的遊戲角色，下一張這個角色的手臂稍微移動了一些，再下一張手臂再稍微抬高一點，就這樣一張接著一張繼續畫了下去，人物表情也微妙地稍做變化，當連續翻動書頁的話，就會覺得這個人物在動一樣，雖然中間連接的部分不自然，動作沒有非常順暢，但是看起來並無大礙。

在國文課本上畫了皇家馬德里隊的羅納度踢球的連續場面，最後一張是球踢進了球門的場面，就連球門周圍慶祝放煙火細節都畫出來了。

「看看這小子，上課時間竟然在畫畫？」

上次國文課被抓包，被老師擰著臉頰時，還以為會被扣分，結果國文老師竟然意外爽快地原諒了治勝。

「因為畫得很不錯，所以這次就原諒你。還有，不要只畫羅納度，下次也畫畫梅西吧，我是梅西粉啊。」

年輕的國文老師看在是治勝的興趣，對他擠眉弄眼說暫且放他一馬。當然老師也苦口婆心勸他要畫不要在課堂時間畫，但是好像有種被認可的感覺，而有些得意。治勝要的並不多，像這樣對自己犯的錯能夠睜一隻眼，閉一隻眼，就已經很足夠了。雖然個子高大，但是只要聽到稱讚，就會開心咧嘴笑的十五歲少年啊。可是即使如此，大人們總是忘記這個事實，總說行為舉止要像大人一樣成熟一點，可是明明就不是大人，行為舉止又怎麼能像大人一樣呢？就算是恐龍寶寶，也還只是隻寶寶啊，恐龍寶寶是不可能像成年的松鼠一樣行動的，而治勝覺得那就是他自己。

其他的孩子在做什麼呢？李英燦反覆彎曲又伸直鐵尺，雖然看起來好像是在練習怪力秀一樣，但其實只不過是在打發時間而已，李英燦的那把尺凹凸不平，根本無法畫出所謂的直線。坐在李英燦後面的周承宇低著頭，不知道在筆記本裡寫些什麼，也許是和坐在旁邊的同學在方格筆記本上偷下五子棋吧，就算不看也猜得到。坐在周承宇附近的鄭惠妍像是要把黑板看穿一樣，死盯著前面看。混合物和化合物的內容有這麼有趣嗎？就像「來自星星的你」外號一樣，令人無法理解。

吳在烈在做什麼呢？雖然只能看到背影，但是坐得可直挺挺的呢，雖然腦袋裡肯定充滿了無關緊要不著邊際的想法，但就坐姿而言，沒什麼好挑剔的。

不知道是不是導師的話起作用了，幾天前開始，吳在烈就開始在意起周圍的視線，遠離治勝了。

「周圍的氣氛都這樣了，兩個人如果還湊在一起的話也沒什麼好處。」

治勝也是相同的想法，但是在聽到治勝的回答之前，就看到吳在烈以超快速轉身走開，黏在李英燦身邊的樣子，不知道為什麼覺得很火大。

「看看這傢伙……」

雖然升上二年級以後，總是和吳在烈形影不離，但卻不覺得兩個人很要好，相信吳在烈也是一樣的想法吧。雖然總在身旁的吳在烈不在感到有些空虛，但也不想要暫時隨便找個人湊合著陪伴，而且也沒有特別想要玩在一起的人。下課時間玩電動，其他同學總是會蜂擁過來圍繞著自己，但是治勝卻從未向其中任何一個人敞開心扉，因為不想要讓別人知道媽媽已經離開的事，所以也從不帶朋友回家。

為什麼會和吳在烈湊在一起呢？治勝第一次對這件事感到好奇，吳在烈也算是個軟柿子，凡事都逃不過治勝的手掌心，雖然在欺負其他同學這一點上算是意氣相投，但說是因為這個目的而湊在一起的話，好像真的是壞到骨子裡的小混混一樣，治勝打從心裡不願意承認這一點。可是如果說是因為孤單才湊合在一起的話，又感覺很窩囊，也太悲慘了。沒什麼特別的理由，隨時都可以爽快分開，這就是他們兩人的關係。朴勇氣事件之後，看來就開始躲避治勝的樣子，今天又因為留言板上的爆料文，短時間之內吳在烈根本不可能在治勝身邊晃動了。

「哇啦哇啦」留言板的文章是來到學校之後才知道的，班導師雖然要求大家對朴勇氣事件閉口不談，但是畢竟這件事情是紙包不住火的。三樓走廊上六間緊緊相連的教室，消息只要一天就全傳開了，即使如此還是討厭被公開批判指責，雖然沒有人敢明目張膽直視治勝，但走過走廊時，總覺得後腦勺癢癢的。

像許治勝這種傢伙總有一天也會栽跟斗的。

趁這個機會乾脆強制轉學的話就好了。

就是說啊……許治勝強制轉學，和平國中才是真正的和平啊。

那些一個又一個留言，不停地在腦海中盤旋著。

我對你們這些人有怎樣嗎？二年級一百八十名學生中，被治勝打的孩子，根本就不到十個人，「借錢」的人數也差不多，而且今年有朴勇氣在，所以從未向其他任何人借錢啊。可是，為什麼這樣對我？

本來以為班導師會對此說些什麼，但是班導師卻假裝若無其事一般離開了，大概是自己看著辦趕快自首的意思吧……

「可是金宰彬又是怎麼一回事？」

看到金宰彬跟自己的名字被寫在一起，真的覺得很荒謬，就連治勝也嚇一跳，當事者更不用說了，金宰彬一整天都一臉發愣地不斷咬著指甲。

金宰彬一看就是模範生的樣子，鼻子周圍雖然長著幾顆青春痘，但端正的額頭，看起來聰明伶俐的眼神，全身上下散發著很會讀書的氣場，制服襯衫鈕扣扣到最上面那一顆，寬窄度適中的褲管套在他那雙長腿上，簡直就像是新生入學時給新生看的，「在和平國中制服就是要這樣穿」的標準範本。但是在治勝眼裡，這樣的穿著簡直悶斃了，如果說鄭惠妍的冷冰冰是天生的話，金宰彬的端正外貌給人有些後天勉強而來的，該說是有一種希望給別人這種印象的迫切感嗎？

「金宰彬，社會老師要你收作業本拿過去給他。」

就連聽到其他同學的叫喊聲也會嚇一跳，這膽小的傢伙……可是即使如此，治勝並不討厭金宰彬，金宰彬是少數幾個不怕治勝的同學之一，上次打掃教室正想要偷溜時，宰彬叫住了治勝，還把掃把拿給了他。

就算會揮舞拳頭惡言相向，治勝也不是大家必須要躲避的傳染病患者啊。但是其他同學們嘴裡一面說著言不由衷的話，一面其實都很忌諱治勝在身旁，就算在治勝面前，各個嘴裡說得舌燦蓮花，但治勝也很清楚那些話不是出自於真心，所以在「哇啦哇啦」留言板上才會出現這些狠毒的留言，就連吳在烈也肯定在背後嚼舌根，隱約也可猜想得到。

治勝現在看到那些原本總在自己面前阿諛奉承的人，微妙的不自在感油然而生，覺得那些曾經自己主動拿零食來的，幫忙寫作業的同學，似乎把自己弄得像是個十惡不赦的壞人一樣。至少金宰彬不會這樣對待自己，那時候金宰彬一面把掃把塞到治勝手裡，一面理直氣壯地說：

「如果沒有特殊狀況的話，打掃工作不要隨便更換。」

「煩死了，我掃不就行了。」

雖然假裝不得不聽從，但是治勝卻很喜歡那種不管對誰都一樣的態度。

「那傢伙，沒事吧？」

上課時間的空檔就偷瞄金宰彬，金宰彬緊咬著下唇，使得下唇變得慘白，忍受著侮辱感。治勝很清楚那種感覺，因為媽媽離開家那天的治勝也是如此。對誰都無法痛快地嚎啕大哭、盡情地哭訴，只能裝作更強悍的樣子，治勝也是一樣。

要不要跟他說聲加油，然後拍拍他的背安慰一下呢？手向金宰彬伸了過去，卻猛然停了下來，差點就要開口問他還好嗎？因為朴勇氣事件整個人都精神恍惚了，治勝差點忘記自己與金宰彬之間可是連頭到腳，就連手指甲都不合適的關係呢，忘了這個事實，差點就要做出讓自己丟臉成為黑歷史的糗事了。

金宰彬就像是用鋒利菜刀切好的紫菜飯捲一樣的孩子，而且還是去掉紫菜飯捲末端，為了讓大家看到搭配得宜的紅色、黃色、綠色，還用潔淨純白色的盤子整齊盛裝的紫菜飯捲。與此相反，治勝卻是末端凸出一小節菠菜或是醃蘿蔔的紫菜飯捲，跟切得整整齊齊的紫菜飯捲放在同一個盤子裡會感到羞愧的紫菜飯捲末端……

這樣的孩子，竟然和許治勝、吳在烈這類的名字一起被相提並論，想必整個人驚嚇到暈頭轉向的程度了吧。雖然許治勝和吳在烈是預料之中的劇本，但是不管事實與否，金宰彬的存在既是反轉也是衝擊。治勝覺得「哇啦哇啦」留言板的文章是針對金宰彬所寫的。

究竟是誰想要讓金宰彬嚐嚐苦頭呢？在成績上的競爭對手鄭惠妍？治勝搖了搖頭，雖然不太知道功課名列前茅的孩子們的情形，但是聽說鄭惠妍可是屹立不搖的第一名呢。還是曾經告白卻被拒絕的女同學呢？雖然比第一個可能性要高，但是這個設想果然還是不對，沒聽說過金宰彬在女生圈裡很有人氣的傳聞啊。就像是紫菜飯捲的末端比較美味一樣，比起金宰彬，治勝還比較受女同學的歡迎呢。

「該不會是朴勇氣吧？」

腦海中浮現了朴勇氣的臉龐，治勝的眼睛瞇成像蛇一樣細長，已經跟班導師講了，沒理由還要在留言板上留言，不，說不定是想要用公開的輿論壓力讓我跟吳在烈吃點苦頭。可是如果真的是朴勇氣幹的話，為什麼要把金宰彬也牽扯進來呢？

咬著唇陷入思考的治勝沒有任何頭緒，想到腦袋都打結了。複雜的思緒就像是要從頭皮裡鑽了出來一樣，整個腦袋瓜子發癢，就這樣絞盡腦汁苦思了好一段時間，突然「啊」地慘叫了一聲，占領區域從臉頰一直延伸到頭皮的青春痘，因為不小心被手摳破，手指上沾著血漬。

「流血了，可惡，到底是哪個傢伙，被我抓到的話，絕不會放過他的。」

治勝粗魯地將手指上的血隨意抹在制服褲子上。

寶美

「妳是尹寶美吧？星期一午休時間外出的那個學生？」

警衛大叔站在校門旁等著，一把攔下正要走進學校的寶美。明明就有繳交班導師蓋了章的外出證明啊，到底是怎麼一回事？警衛大叔說要跟寶美談一下，就帶著寶美到警衛室，一進到警衛室大叔急忙地向寶美問道：

「妳，那天沒有接發生意外男學生的電話吧？」

大叔怎麼會知道？本來想要假裝不知道反問大叔在說什麼，但是實在太震驚了，反應慢了半拍，好不容易才從嘴裡擠出了「沒有」的回答，但是大叔一臉相當肯定的說：

「那時候我在旁邊的工具室裡，妳從診所回來時，手機鈴聲不是有響嗎？那個，什麼來著的，最近很紅的那首歌。」

大叔哼起了與自己完全不搭調的歌，雖然音準不準，但是的確是寶美手機鈴聲沒錯，偏偏選的是最新的流行歌，很容易就被記住了。

警衛室旁邊有一個可以放工具，就像是倉庫一樣的空間，這是放有裝著除雪用的氯化鈉桶子、體積龐大的塑膠鏟子，還有校內服務活動時所用的掃把、夾子等物品的地方。大叔說寶美回學校時他就在那裡面。

大叔真的在那裡嗎？寶美冷靜下來仔細地思考，就算警衛大叔說自己在工具室裡，那裡並沒有窗戶，而且就算可以聽到手機鈴聲響起，但是也無法證明那通電話就是朴勇氣打的。

「雖然手機的確有響，但是不是他打過來的。」

警衛大叔一臉陷入暫時思考的表情，又再度問道：

「可是為什麼那孩子對著妳揮手呢？那傢伙不就站在川堂那邊嗎？」

糟糕，竟然忘了工具室門的特徵！工具室沒有窗戶，取而代之的是裝設了通風與採光良好的木質百葉門。不知道是為了省錢，還是因為木匠手藝太差，百葉門上的一片一片木板格外地稀疏，可以從木板之間看到外面的情況。警衛大叔是意外發生之前狀況的目擊者。

不知道是不是發現了寶美尷尬的心情，警衛大叔露出了一抹勝利的微笑。

「我說得沒錯吧？可是也別太擔心，我沒有想要因為這件事而對妳做什麼。可是，有件事想要拜託妳，如果因為那件事有人問妳我在哪裡的話，拜託妳說我在警衛室，只要這樣回答就好了。」

現在是想要跟我交易的意思嗎？到底為什麼？看著始終一臉非常真摯說話的大叔，寶美腦子裡飛快地轉著，拒絕接朋友的電話和工作時間離開工作崗位兩者之中，哪一個的罪責比較大呢？等等，在警衛室旁邊的工具室裡也算是脫離工作崗位嗎？如果不算是脫離工作崗位，那為什麼要拜託我這種事呢？

「誰會問這個呢？」

要先了解問題的核心才能決定要不要交易啊。對於寶美的反問，警衛大叔環顧了一下四周。

「因為昨天Y電視臺來採訪，一個不知道是記者還是PD（製作人）的人，拿著一本筆記本問我知不知道關於學生發生交通意外的事情啦。」

昨天打掃完回家的時候，在學校附近看到了Y電視臺的採訪車，是說那輛車就是來採訪關於朴勇氣事件的嗎？可是意外才發生多久，竟然這麼快就來採訪？

「確切是要採訪什麼？」

「我問他為什麼要問這個，他也不回答，到底是想做怎麼樣的取材我也不清楚。只是問我有沒有看到事情發生的經過，我跟他說因為待在警衛室裡所以沒看到。」

大叔垂頭喪氣地回答，說到這個，他又說最近覬覦這個位置的人很多，要維持這工作也很辛苦，只要工作上稍微有一點瑕疵，馬上就會被炒魷魚的。大叔甚至搬出自己辛酸的遭遇，說他以前是在一家不錯的公司上班，但是在滿六十歲之前被公司開除了，因為家裡還有尚未找到工作的孩子要養，所以不能沒有這份工作啊。看著他陳舊的夾克與花白的頭髮，寶美也心軟了，可是即使如此，還是覺得有點不放心。

「就說自己就在旁邊的工具室裡，這樣說的話不就沒關係了嗎？」

因為寶美的話，大叔突然發起火來。

「嘖，話怎麼這麼多啊。我只是暫時在整理工具室，可是怕別人問怎麼就連學生進進出出都沒確認，不想聽到別人嘮叨所以才會拜託妳的。」

結果，大叔的意思就是要自己為他在案發時，做不在場證明的保證啊。可是在寶美看來不管是警衛室還是工具室，在哪裡還不是一樣嗎？看到寶美猶豫不決的樣子，大叔露出一臉令人害怕的恐怖表情。

「聽說他是因為去買麵包跑出去才會出車禍的對吧？我猜，他是因為看到妳正好要進校門，所以想要拜託妳的樣子……如果是這樣的，妳也擺脫不了關係，反正，我的那部分就拜託妳啦。」

因為大叔一臉兇狠的樣子，寶美有些退縮了，什麼啊，好可怕，寶美只好點點頭。屈服於偽裝成請託的威脅之下，交易達成了。

因為與警衛大叔奇怪的交易，從早上開始就無精打采的，而在教室裡等著她的又是另外一陣騷動，是「哇啦哇啦」留言板上的文章，因為刪除咖透軟體的寶美，到了學校之後才知道發生在留言板上的事情。

「如果真的是金宰彬的話，不就太勁爆了嗎？」

「話雖如此，但是上次他不是還想要去探望朴勇氣嗎？因為內心沒有什麼好顧忌的，所以才敢說那樣的話吧。」

「不管怎樣，如果那些人不自首的話，就只有我們倒大楣不是嗎？所以只要找出到底是哪三個人幹的不就好了？那個什麼的，手機不是也會留有記錄嗎？」

「那天聽說朴勇氣有帶手機，身體都受傷成那樣了，手機還會好好沒事嗎？螢幕大概早就都壞掉了吧？」

「那種狀況一下子就可以復原了，不用說通話記錄了，聽說就連已經刪除的簡訊全都可以復原呢。」

聽到最後一句話，寶美忍不住倒抽了一口氣，雖然沒接電話，但是最後一個通話記錄上應該會顯示寶美的名字，他急忙走出學校，應該不可能再和其他同學通電話了。事情並沒有因為堵住警衛大叔的嘴就結束，如果手機復原的話，馬上就會被發現了。

「手機復原之前，那三個人要趕快自首才行啊……」

寶美焦躁到嘴唇乾巴巴的。

老師明明就在說明著什麼，但卻好像在看無聲電影，什麼聲音都聽不到，想看看離下課時間還有多久，眼神往掛在後面牆壁上的時鐘看去時，發現了彷彿全世界光芒都熄滅一般臉色黑沉的金宰彬。

「他怎麼會被指認為第三個人呢？」

看著下面一個個留言，感覺就像是想要趁這個機會把金宰彬拉到谷底一樣，內容寫得相當嚴重。雖然許治勝和吳在烈的狀況也好不到哪去，但是那兩個傢伙本來就理所當然應該承受這樣的打擊，所以同情票還是聚集到了金宰彬身上。當然在這樣的同情憐憫視線之中，或許也夾雜了些許的懷疑。

寶美轉學過來的時候，班上最顯眼的同學就是金宰彬了。寶美轉學來的那一天，金宰彬在青少年UCC⑩競賽中獲獎，並且在全校師生前領獎。本來製作UCC是道德課的實作評價作業，只要製作一分鐘左右就可以了，但是金宰彬做了六分鐘的影片，道德老師把作品報名比賽而獲獎的。就連老師也稱讚說，雖然是用手機拍攝，但是編輯畫面、配樂上搭配得很好，提升了作品的整體美感與完整性。

「哇喔，不像一般模範生，就連藝術眼光都具備了呢。」

標題是叫「Real國中生生活」嗎？拍攝了許多和平國中裡孩子的生活模樣，並且連接成影片的作品。

「大概百分之八十都是我們班的同學啊，因為金宰彬這種人不可能隨便進進出出別班啊。我們全部都當了他的免費模特兒，所以才得獎的嘛，如果不是這樣的話，根本想都不要想。所以說百分之八十的獎金不是應該要分給我們才對嗎？」

因為李英燦嘟嘟囔囔發牢騷的關係，金宰彬還拿出了部分的獎金辦了披薩派對請大家吃。一邊吃著披薩，李英燦還一邊不停地抱怨說偏偏拍了自己長針眼的樣子，如果影片在網路上到處流傳的話該怎麼辦才好？

雖然有些木訥寡言，但一直以來都相當端正的孩子，現在皺著一張臉坐在那邊。金宰彬一定也像我一樣等著犯人出現吧。到底誰是第三個人呢？當然要找出答案很容易，一定就是和許治勝、吳在烈最合得來，常欺負朴勇氣的那傢伙，肯定就是第

⑩ User created contents，用戶原創內容影片大展。

三個人，重點關鍵在於那兩個傢伙會不會直接說出到底是誰。

寶美轉過頭來看許治勝，他的頭深深低著，看來又是在畫他的漫畫吧。總是對所有事情都顯得漠不關心的孩子，只有在畫畫時，才會顯得一臉真摯。早知道之前就好好相處了，這個時候就能得到他的幫助……還是，把毛茸茸的水蜜桃頂在許治勝的臉上，威脅嚇唬看看？

寶美知道許治勝對水蜜桃過敏，去年夏天，她看到和爸爸一起到水果店的許治勝因為身體發癢而跑到外頭躲避。

「這裡有水蜜桃啊，那小子對水蜜桃過敏反應很激烈。」

那天寶美待在水果店後面的廚房，偷偷看著許治勝的一舉一動。站在父親身邊看著水果的許治勝看起來就是一個乖巧的少年，完全找不到一絲絲不良的行為舉止，他的不良舉止大概就像是上學時偷偷戴在身上的裝飾品吧。

以年級老大聞名的傢伙，要是被大家知道了這個弱點，會不會受到打擊呢？搞不好吳在烈知道的話，可能會拿著水蜜桃壓在許治勝的臉上擦啊擦的，想要篡位爬上老大的位置也說不定。電影中組織裡面的「難波兔」無時無刻總是覬覦著「難波萬」的位置，為了登上寶座總是絞盡腦汁。吳在烈最適合扮演這個隨時都會背叛的難波兔的角色了，在朴勇氣事件爆發之後，就不見他在許治勝旁邊打轉，反而黏在李英燦身邊跟前跟後，光看這個就知道了。想像著吳在烈一手各抓一顆水蜜桃奔了過來，而許治勝為了要避開而四處逃竄，滑稽荒唐的畫面一個接著一個繼續下去。

集中精神，尹寶美！雖然眼睛睜得大大地看著老師，但是毛茸茸的大桃子在腦海裡揮之不去。

治勝

下課後，吳在烈和李英燦抓著治勝的衣角，把他拉到通往頂樓的樓梯去。

「欸，真的不得了啦。」

與因運動練就了一身精實肌肉的身體一點都不相稱，李英燦驚慌地大呼小叫。也是啦，名字被公開在留言板上的確是大事，可是怎麼連李英燦也這樣慌慌張張，這到底是怎麼一回事？

「幹嘛突然這樣？」

治勝翻了個白眼，李英燦環顧四周。

「昨天有電視臺來學校前面便利商店採訪，電視臺的記者訪問某個大叔，那個大叔連朴勇氣的交通意外都講了出來啊。」

內心「哐」重重一沉，治勝聲音突然大了起來，「為什麼？」

李英燦的妹妹看到停在便利商店前面的電視臺車子，以為是在拍攝想說搞不好可以上電視，或者說不定可以看到藝人，所以被好奇心驅使硬是走進便利商店買飲料時親耳聽到的事情。

治勝問他確定嗎？李英燦一臉相當嚴肅地回答道：

「是小我一歲的妹妹親口說的，昨天她也有看到哇啦哇啦留言板的文章，所以全都知道，文章裡有許治勝、吳在烈，問我該不會跟這件事有關，還說要跟我媽告狀，我只好拿出零用錢，好不容易才堵上她的嘴。」

雖然故作沒事，但是不知不覺中，指尖變得冰冷。如果說電視臺來採訪取材的話，不就代表消息已經傳到學校外面了。事情什麼時候變得這麼嚴重了？腳踩著的地板彷彿突然轟隆隆塌了下來，眼前一片天旋地轉，但是為了不讓這兩個傢伙發現，治勝使勁抓著樓梯欄杆。

兩個傢伙的表情也不亞於治勝，一臉事態嚴重的樣子。吳在烈似乎相當著急，不停舔著嘴唇，而李英燦不知道是不是怕有人聽到，眼珠子不停轉著觀望著四周。

喀啦喀啦，一邊拗著手指一邊思考著，現在到底該怎麼做才好？反正事情已經發生了，沒有治勝可以解決的事。

「所以現在打算怎麼辦？」

治勝裝作沒有因此洩氣的樣子，反而有些挑釁地問。

「媽的，不知道，我們應該沒有留下什麼證據，對吧？」

吳在烈用一種「管他的，順其自然吧」的口吻脫口而出。

「咖透跟簡訊是通通都刪除了……」

李英燦一副沒自信地說，因為他也知道就算刪除了，還是可以復原的。治勝也在回想自己有沒有傳過簡訊，不記得自己有發過簡訊或咖透，腦子裡閃過「幸好」的想法，吳在烈、李英燦這麼努力在發簡訊還真是活該的想法，也同時閃過腦子……

就像是讀了治勝可惡的想法一樣，李英燦小小聲地說：

「哎呀，我不管了啦，就算在這邊不管講什麼，也沒辦法解決問題，要不然就是你們兩個趕快去自首。」

雖然是勸告的話，但是意思就是「你們兩個是犯人，而我不是」的宣言。李英燦，你想要這樣撇清關係？治勝惡狠狠地瞪了過去，李英燦裝作若無其事一樣將頭轉了過去。

擅長踢足球的李英燦，雖然與令人嘆為觀止地突破防守的梅西相似，有著「和平國中的梅西」或「Peace 梅西」的外號，但是在比賽的時候，如果有重要機會，也不會傳球給其他隊友，每次都想要單獨處理，偶爾犯下決定性失誤，有著相當自私的一面。看他這麼明顯想要撇清關係的樣子，看來他不是只有足球風格如此了。

「這傢伙，看看你說的話，不是一直都一起做的嗎？怎麼好意思這麼理直氣壯？那一天在那邊吵著說肚子餓的，不就是你嗎？」

吳在烈一把抓住李英燦的領子。

「對，我是有說肚子餓，但是叫他去買麵包回來的是你啊，現在想把帽子扣在我頭上？」

個子不像梅西一樣矮小的李英燦，輕鬆撥開吳在烈抓住自己領子的手，不甘示弱地回嘴。雖然看到李英燦就討厭，但是看到緊咬不放的吳在烈也一樣醜陋厭惡，雖然玩在一起時，並不覺得彼此關係有多麼堅固，但是沒想過會因為這麼小的懷疑，導致關係崩塌，真是讓人感到淒涼。

「你們兩個都夠了，現在不是還沒有確實的情報嗎？」

在治勝開口勸阻後，好不容易才控制住一觸即發的火爆氣氛。還沒有消氣的李英燦氣呼呼地一句話也沒說就走了。

「可是我們該怎麼辦才好？」

吳在烈雖然提出疑問，但是答案卻不得而知，等待治勝回答的吳在烈又再度問道：

「還是沒有改變吧？你相信班導師的話，打算自首嗎？」

「嗯」，本來想要理直氣壯地這樣回答，但是怎樣都發不出這個聲音。

「我還在想，你不會自首吧？」

最終還是在吳在烈面前顯露出自己脆弱的一面回答道，不知道是不是感受到同夥意識，吳在烈似乎隱約露出微笑。

意外發生後　第三天

宰彬

終於熬過可怕的一天，晨會時間問有沒有人自首，班導師回答還沒有，聽了之後心情實在太鬱悶，忍不住深深嘆了一口氣。

「時間還有剩，再等等看吧。」

班導師的話才說完，孩子們馬上就將目光瞥向許治勝，當然其中也有些視線投向宰彬。

「該死的，才不是我咧！」

真想要大聲對他們吼叫。

從廁所回來後，打開科學課本後，發現裡面有一張折得很漂亮的便條紙。像是紙板遊戲的紙板一樣折得結實，看起來就像是在警告別人不要隨便打開來看。才一會兒的時間，究竟會是誰放的呢？沒辦法光明正大地拿給自己，該不會裡面寫滿了罵人的髒話吧？因為留言板的事情搞得心情煩悶有所顧忌的宰彬，用手遮蓋著小心翼翼打開便條紙，裡面並不是髒話。

「我知道不是你，要趕快找到第三個人，和尹寶美一起合作吧，會有幫助的。」

就像是初學寫字的人一樣，字的線條歪歪扭扭的。究竟誰會這樣把字寫得歪七扭八的，然而仔細一看，原來是用左手寫的字啊。如果用簡訊或咖透的話，肯定會被查到是誰，所以才用這種傳統的方式吧。而且還為了掩蓋真實身分用左手寫字，頗具智慧的嘛。更重要的是因為相信宰彬的內容，讓宰彬心頭湧上了一股力量。

很想知道到底是誰寫的，宰彬環顧四周，恰巧與姜宇宙四目相交，濃密的眉毛，搭配上大大的眼珠子，看起來就像是充滿了秘密。姜宇宙，是你嗎？用眼神傳遞內心的疑問，姜宇宙沒有回答，而且還以最快的速度把頭撇開了，不是嗎？

不管是不是姜宇宙，有了援軍的登場都是令人開心的事，而且紙條裡寫的也沒錯，雖然和昨天比起來大家關注的眼光大幅減少了，但是如果經過別人身邊，投射向宰彬的眼光仍然非比尋常，「假裝乖巧……你這骯髒的傢伙」，從他們的表情上，就可以讀出這類的責難，得趕快找到第三個人，洗刷冤屈的污名才行，可是信上說的和尹寶美合作，又是什麼意思呢？

既不是聰明絕頂的鄭惠妍，也不是女孩子中最有領袖魅力的張亞嵐，為什麼是尹寶美呢？如果這麼隱密地與宰彬聯絡的話，不是應該要推薦一些比較優秀的隊友嗎？

尹寶美是五月初才轉學來的同學，聽說在以前學校相當優秀，本來還因此有點緊張，但是在第一次考試中，馬上就暴露了出身於鄉下地區的限制，成績大概在中等左右。而且這樣一想，隱約記得當初轉學來的第一天，她那有些唐突的模樣。

聽到班導師要她自我介紹，尹寶美在黑板上寫下了「華特・克朗凱」。這是什麼啊？臺下的同學們議論紛紛時，尹寶美說華特・克朗凱是美國人相當尊敬的主播，自己的夢想是能夠成為像他一樣，讓大眾信任且報導正確消息的主播。然後害羞臉紅的尹寶美還說，等年紀大的時候，希望能夠成為像歐普拉一樣溫暖的主持人。適當地講個國內主播名字就好了，大概是想要表現自己與眾不同吧。果然不出所料，尹寶美自我介紹一結束，張亞嵐噗嗤一聲，有些嘲諷地笑著說：

「她在講什麼東西啊？」

聲音雖然壓得很低，但是聽得出來語尾那挖苦諷刺的口氣，因為是第一次所以想要做個特別的自我介紹，但是在別人眼裡看起來卻像是個自大狂妄的舉動，所以也因此聽說她有一段時間成了張亞嵐的眼中釘。可是儘管如此，也不是一個完全不懂得察言觀色的人，在那之後就低調地過起學校生活，看起來似乎也和其他女生們恢復了關係。如果不是像許治勝一樣根本不在乎別人眼光的話，引人注目是一點好處也沒有，這地方就是所謂的學校啊。

看著尹寶美不知道在筆記本上寫些什麼，宰彬拍了一下膝蓋。

「沒錯，一定是為了要成為主播，所以養成凡事都會按照六何原則⑪去思考的習慣，因此才會叫我跟她合作。」

與平時沒什麼不同的教室，她到底在寫什麼？如果尹寶美在筆記上寫些什麼的話，肯定對找到第三個人有所幫助，好吧，向尹寶美伸出手吧，反正也沒有時間與心力可以猶豫了。

科學課一結束，宰彬就走到尹寶美的位置說要跟她談一下，帶尹寶美到走廊時，姜宇宙又偷偷看了一眼，便馬上轉頭瞥開視線。喔，姜宇宙肯定是寫便條紙的人了，不管他再怎麼假裝若無其事，畢竟還是會忍不住好奇心偷瞄一下，這是十五歲秘密探員的極限啊。既然姜宇宙希望如此的話，就還是假裝不知道好了。

「就照你的話，跟尹寶美合作，可以了吧？」

⑪六何原則就是5W1H，從who、what、where、when、why、how等六個方面來提問進行思考。

反正，至少是同一陣營的，所以對姜宇宙的關心並不反感。

「幫我一下，跟我一起找出班導師說的第三個人。」

不知道是不是宰彬的請求太過突然？尹寶美斷然拒絕。

「不好意思，我既不想，能力也不足。」

也不是不能理解她既不想引人注目，也覺得麻煩的心情，但還是伸手抓住想要轉身回教室的尹寶美的肩膀。

「不要這樣，我們一起找嘛。妳每天寫的東西裡面，可能會有什麼線索也說不定，幫我一下吧。」

聽到宰彬的話，尹寶美眼鏡下的眼睛睜得大大圓圓的，在電影裡女人們在快被引誘時經常出現的反應，那麼是對我的提議說「OK」的意思嗎？宰彬對著尹寶美微微一笑。

寶美

金宰彬怎麼知道我有寫東西的習慣？如金宰彬所說，寶美的確有每天在日記上寫東西的習慣，但是在那裡根本沒有可以稱為線索的東西。寶美日記本上只有密密痲痲寫著以超人氣偶像團體隊長為主角的小說而已，金宰彬完全搞錯了。但是他竟然有發現自己寫東西習慣的好眼力，那麼要找出第三個人的話，也算是有可用之處了。反正在手機通話內容復原以前，那三個人要是自首的話，對寶美來說也算是最棒的場面了。寶美接受宰彬提議的同時，也提出了一個條件。

「但是，許治勝也要加入才行。」

金宰彬完全一臉不情願的樣子，聽到許治勝名字，會有這種反應也是理所當然的。

「我知道，許治勝是頭號犯人，所以才要他也加入，他才最清楚知道誰也一起霸凌朴勇氣，不是嗎？」

這話也沒錯，金宰彬也是一臉認同。

「可是治勝會願意做嗎？」

寶美昨天上課時間，滿腦子揮之不去想要放手一搏的想法，無論如何一定要讓治勝答應加入。

午餐時間，可能是因為留言板上的文章，心煩意亂的許治勝和吳在烈、李英燦離得遠遠的，獨自一人吃飯。因為高大的身材，再加上常常一群人聚在一起，很多時候看起來相當具有威脅感，但是現在只有一個人，看起來就只是個國二的孩子，一個人高馬大的國二生！

寶美在許治勝的對面坐了下來，指著水蜜桃口味的優格說：

「我可以吃這個優格嗎？反正你不是對水蜜桃過敏？」

才剛塞了一大湯匙滿滿的飯進嘴裡的許治勝，聽了寶美的話之後，被飯嗆到「咳咳」地咳了起來，然後一副「這人怎麼回事」的眼神看著她。

既然這麼好奇的話，當然要來幫你解惑一下啦，寶美游刃有餘地帶著微笑說：

「格林維爾公寓十字路口的新鮮蔬果行是我家開的店。你每次都跟你爸爸一起來訂水果對吧，你們家水果真的吃很兇耶，一個禮拜一定會叫一次水果配送，是吧？當然，除了水蜜桃以外！」

也沒說什麼，但是許治勝整張臉都紅了，即使如此可能還不相信寶美所言，仍舊是帶著懷疑的眼神。

「在店裡沒看過我吧？水果店後方有間小廚房，因為店裡忙的話也是得弄飯來吃，你來的時候我在廚房裡，所以你才沒看到我啊。可是，你吃這個沒關係嗎？不是有過敏嗎？」

每當寶美提一次過敏，許治勝的臉就皺一次，果然這是他的弱點沒錯，大概是不甘示弱，所以硬是回了一句：

「那是因為對水蜜桃的絨毛過敏，吃優格一點問題也沒有好嗎？所以，妳要說的話說完就快滾。」

就像是謝絕一切關心似的，許治勝再度低下頭來專心吃飯。許治勝，這只不過是隨口問問的罷了，現在開始才是我真正要說的事情。為了不被他身形與氣勢所壓制，寶美清了清喉嚨之後才開始說道：

「你難道不好奇嗎？誰是那個意料之外的人物。」

寶美的話讓許治勝突然抬起頭來，瞪著她看，這話也說得太沒頭沒腦了吧？

「為什麼那麼好奇這個？因為我是朴勇氣事件的犯人所以才問我的嗎？想問我跟誰玩在一起，然後一起欺負朴勇氣的嗎？妳是想問這個嗎？」

許治勝臉色驟變一陣青一陣紅地，寶美也嚇了一跳。

「不是這樣的，我不是這個意思。因為昨天把留言板上的留言全都看完，真的太誇張了。那邊寫的事情難道全都是你做的嗎？」

許治勝用力放下湯匙發出了聲響，一臉不悅地瞪大眼睛，這下子寶美更顯得手足無措了，果然不是一個好對付的孩子啊。

「唉呦，該怎麼說才好呢？我只是想說那麼多的事情，也不全是你做的，難道不是嗎？」

寶美的表情一變，好像隨時都要哭出來的樣子，可能許治勝也有些心軟，與寶美相視而看，帶著「真的能理解我的委屈嗎？」的眼神中也閃爍著期待。

許治勝相當擅長繪畫小小的漫畫人物，與自己高大的身材一點都不相稱，寶美知道他在畫漫畫時比誰都還要專注，可能也是因為看過他投入繪畫時的模樣，所以才有他本質可能並不是那麼惡劣的想法。

哇啦哇啦留言板上，還上傳了許多誇張不像話的留言，隱藏在鍵盤後面不露臉的目擊證人，就像是親眼看到一般大聲嚷嚷著。什麼？竟然還說許治勝把朴勇氣的褲子給脫了？許治勝在教室裡換體育服的時候，與他高大的身材不符，甚至還會害羞地轉過身換衣服，還因此常被吳在烈嘲笑捉弄，班上的孩子全都知道這個事實，害羞的許治勝不可能做這種事情。

許治勝因不開心翹得老高的嘴，終於回復到原來的位置，看起來在思考「要不要相信這傢伙的話一次」的表情。

「留言裡寫的那些事情，也不全部都是你做的吧？」

還以為他會回嘴不要多管閒事，但他立刻就點了點頭，比想像還要純真啊……

「我就知道，那麼到底誰是朴勇氣事件的第三個人，就讓我們來找出吧。」

「妳覺得我和朴勇氣事件一點都沒關係嗎？」

許治勝茫然地問，看來是對拜託自己這種事情的真正意圖感到好奇的樣子，一邊說話，臉上稍微露出期待的表情。

「倒不是這樣。」

寶美不假思索脫口而出，許治勝立刻露出失望的表情，帶著「既然確定我是加害者，那還要找什麼？妳現在是在跟我開玩笑嗎？」的眼神望向寶美，沒辦法，寶美只好再次向治勝說明。

「我只是很好奇你的欺凌究竟到什麼地步，還有意想不到的人到底是誰？」

許治勝似乎在計算利害關係，究竟該不該接受這個提案呢……寶美從容地等待著許治勝的回答，但等到的卻是反擊。

「為什麼好奇那些？還是妳也哪裡覺得良心不安？」

雖然是意外的一擊，寶美並沒有因此驚慌失措，反而大方地回答。

「嗯！」

拿著湯匙的許治勝有些呆滯地看著寶美。

「所以下午的時候，稍微聊聊吧，金宰彬也說要一起合作了，如果吳在烈也答應的話就好了，你要不要去跟他談談？」

「不要，要做妳就自己做吧。」

哼哼，不打算照我的意思去做是吧？寶美拿出事先準備好的殺手鐧。

「你也拒絕得太快了吧，我可是知道你的弱點呀，就算我把你的弱點揭發出來，也沒關係嗎？」

寶美帶著「就算這樣，你也要拒絕我的提議嗎？」的威脅笑容。

「……知道了，我現在要吃飯，妳先走吧。」

「下午四點，在地鐵站前面的漢堡店見。」

撕開水蜜桃口味的優格，許治勝不情願地點點頭。

宰彬

依照約定時間，下午四點走進速食店時，看到與高大形象不合的許治勝拿著吸管，秀氣地吸著可樂並且朝著自己揮揮手，在他旁邊還有尹寶美，照著計畫三個人全都到齊了。能把許治勝帶來這裡是寶美的能力，看來姜宇宙也算推薦了好的探員，雖然原本滿懷期望的寶美日記，被證實了沒有任何可用的線索……

雖然是宰彬提議的聚會，但是實際要主導些什麼時，卻顯得猶豫不決，在宰彬吞吞吐吐之際，尹寶美率先開了口。

「不知道你們有沒有聽說，電視臺來採訪朴勇氣事件的事情？」

「妳說什麼？」

宰彬挖著冰淇淋的湯匙掉了下來。與宰彬相比，許治勝的反應顯得冷漠許多，看來已經知道了。

「聽說有向警衛大叔打聽朴勇氣事件，我也只知道這樣。」

尹寶美說自己也不清楚詳細情形。

「聽說也在便利商店裡問東問西的。」

雖然假裝不在乎，像說著別人的事情一樣，但是許治勝對電視臺來採訪這件事，其實也是相當在意，也許因為如此，許治勝又多補充了一句話，並沒有確定電視臺是為了採訪朴勇氣事件而來。

如果真的是為了採訪朴勇氣事件的話，那真的就糟糕了，如果記者們挖消息挖到留言板去，那該怎麼辦才好，一股擔憂湧上心頭。

「今天沒有採訪車輛，看來也有可能只是虛驚一場。不管怎樣，結論就是這件事得要盡快解決才行。況且朴勇氣事件本來就是我們要解決的問題，班導師也說必須要這三個人自首。金宰彬，你的名字被寫在留言板上肯定很委屈，也要趕快弄清楚這三個人是誰，你才會輕鬆一點，對吧？」

原本垂頭喪氣靜靜聽著的許治勝，或許是覺得寶美的話很刺耳，有些挑釁地質問。

「妳這什麼意思？金宰彬很委屈，那我就無所謂的意思嗎？」

許治勝的眼神變得兇狠，宰彬無緣無故覺得口乾舌燥。

「雖然我並沒有覺得你就無所謂，但我的確覺得你是那三個人之一，只是，昨天那文章下方的留言中，很多事情講得太嚴重，而且那些所有過分的事情，我不覺得全都是你做的，所以我才叫你也加入。」

對寶美的話，許治勝也沒什麼可以反駁的，不知不覺中表情緩和許多。真是出乎意料，雖然聚在一起，宰彬卻心想和這些人湊在一起又能做什麼，但是尹寶美就像一個馴獸師一樣，很快就把氣呼呼像頭發火大熊的許治勝三兩下處理妥當了。

「而且，想想看，我們不全都對朴勇氣很過分嗎？」

對於最後一句話，宰彬也沒什麼可以反駁的。

體育時間結束後回到教室時，許治勝覺得口渴，一邊拍著朴勇氣的頭，一邊叫他去買飲料回來。雖然就像是開玩笑一樣，但宰彬知道這不是開玩笑，如果不買飲料回來的話，許治勝便眉頭一皺臉一沉，看到這樣的情形，吳在烈就會理直氣壯地挺身而出進行懲罰。在宰彬眼裡，他們兩個簡直是天生默契十足一對的惡棍。

一拳打在肚子上、用力飛彈額頭、把手指反折向上拗……尤其吳在烈最喜歡鎖頭式這一招，將朴勇氣的頭緊夾在腋下，然後用拳頭咚咚咚地敲他的頭，並搭配著親切的語氣問「會痛嗎？」。當然，也只有語氣如此，嘻皮笑臉帶著捉弄神情繼續惡作劇。而且這個問題，根本就是不管用任何哲學邏輯，都無法逃脫的陷阱。說不痛的話，就一面說「那麼就再打用力一點吧」，一面加重拳頭的力道，說痛的話，就說「就是要你痛，忍耐。」，不管回答什麼，夾緊朴勇氣的那手臂力道一點都沒有鬆懈。看到朴勇氣的臉變得慘白，有好幾次宰彬也想要大喊「住手」，但是看著那帶著惡作劇模樣的臉，每次就對這樣的暴力睜一隻眼、閉一隻眼。

有時候也裝作不知道，喝著朴勇氣翻過後牆跑去買的飲料，天氣很熱，大家一人喝一口，肚子餓了，就吃一點來嚐嚐味道……每次吳在烈就是這樣讓大家都變成共犯。雖然是不得已才吃下肚的，但是流著滿頭大汗喝著碳酸飲料，讓人忘卻朴勇氣累得上氣不接下氣的表情。根本數都數不清的孩子吃過朴勇氣買回來的麵包，聽到「你不是也吃了嗎？」的話，低下頭來的人果然不在少數啊，也就是因為這樣的理由，根本無法得知到底第三個人是誰。就像是拼圖一樣，只是差別在哪一個部分、哪一塊的差異而已，所有人都與霸凌朴勇氣事件脫不了關係。

「該怎麼調查，說說自己的意見吧。」

跟兩個慢慢喝著可樂悠閒自在的人相比，宰彬因為還得去補習班，內心十分焦急。

「首先，我覺得許治勝和吳在烈應該是沒錯，所以只要找出班導師口中說的那名意想不到的人物，再讓三個人去自首就可以結束了。只要找出是誰就可以了，不難吧？」

雖然大家都是這樣想，但是敢在許治勝面前這麼大膽地說出口，並不是件簡單的事，心想如果許治勝又勃然大怒的話該怎麼辦才好，但是意外的是，他只不過坐在那邊，惡狠狠怒視著尹寶美而已。尹寶美，妳手上該不會有什麼許治勝的弱點吧？許治勝的弱點是什麼？

尹寶美說的調查方法並不困難，有沒有看過欺負朴勇氣的人，覺得意想不到的人物是誰，向其他同學一個一個詢問，除了朴勇氣、吳在烈和許治勝，二十七個人中找出那一個人就行了。

「我要做些什麼？」

許治勝與平時不同，用小小聲音問道，宰彬也有相同的疑問。如果許治勝到處去問人這些問題，其他的人難道不會嘲笑他嗎？

「你的幫助才會是最重要的啊，想想當你在欺負朴勇氣的時候，有哪些人跟你在一起，再問問那些人具體做了哪些事情。」

三個人自然而然分配了工作，尹寶美問女生，許治勝問那些不良學生，宰彬負責剩下的人，然後常見面分享各自調查的內容。幸好三個人的家距離不遠，甚至已經先約好了星期六晚上在速食店的聚餐時間。

因為很快整理出該做的事，反而離去補習班的時間還有一些空檔。看到尹寶美果斷地整理與分配，甚至讓人懷疑跟昨天的那孩子是不是同一個人的程度。

「可是妳是吃錯藥了嗎？怎麼看起來完全不一樣。」

對於宰彬的話，許治勝也點頭附和。

「我本來就是這樣，只是現在才表現出來而已。」

話說回來，說話態度慷慨激昂的尹寶美，在她臉上看不到一點尷尬，難道這才是尹寶美真實的面貌？

我真實的面貌又是如何？想著想著內心覺得沉重。如果是個很會察言觀色的人，就會知道該用怎樣的面孔來面對其他人。可是宰彬只會把房門鎖上，大罵髒話來紓解內心的壓力。用棉被蒙著頭，對著腦海中浮現的那些臉孔，咒罵不堪入耳難聽的髒話，不知不覺中內心的怒氣就會消散而去，不分大人還是孩子都破口大罵，老實說，就連父母有時候也是咒罵的對象，因為尹寶美不在自己關心範圍之內，所以從未是自己咒罵的對象，但是許治勝對班上事情不合作的態度，倒是曾經咒罵過他幾次。

其他人肯定做夢都從沒想過宰彬會有這種舉動，即使如此，宰彬心想，應該所有人都像自己一樣有著另外一張臉孔吧，就像現在的尹寶美一樣，有著和平時完全不同的面貌。宰彬心想，說不定朴勇氣事件的加害者也是這樣，或許有著我們想像不到另一張面貌的孩子，就是第三個人也說不定。班導師雖然說是個意想不到的人物，但是那只不過是班導師的想法罷了，因為帶著一張文靜端正的臉，卻做著壞事的人多的是。把許治勝和吳在烈這巨大陰影當作是擋箭牌，在看不到的地方，一定又有另一個人霸凌著朴勇氣，而一定也有人目擊這一切，就像是吳在烈對朴勇氣施展鎖頭式，宰彬在一旁假裝沒看到一樣。

寶美

寶美真的想要徹底調查清楚，當然，寶美相信朴勇氣事件的關鍵鑰匙絕對在許治勝身上，但懷疑他是否真的會乖乖順從幫忙這件事，所以打算自己進行調查。數學補習班下課後，雖然時間已經有點晚了，還是來到了學校前面的便利商店。

朴勇氣是個財主，用著與國中生不相配的名牌皮夾裡，總是有著大把鈔票，輕易把錢借給別人，比借錢更容易的是，他常用那些錢買東西給大家吃。放學後，還經常看到許多孩子跟在他後面，一起湧入便利商店，寶美想知道這之中最常和朴勇氣一起來的是誰。

在便利商店的櫃臺前翻了翻書包，從書包裡面拿出一張自班級官網上列印出來，印有春天校外教學照片的一張紙，雖然照片裡的臉很小有點擔心，但是只要稍具眼力的人應該都可以馬上認得出來吧……

「怎麼辦？我是值晚班的工讀生，所以不太清楚這件事。」

忘記這裡的工讀生是輪班制的了。有著小眼睛和塌扁短鼻，和一頭染的金黃髮色一點都不相稱的工讀生哥哥一臉抱歉的樣子，同時，也把寶美的便條紙和照片收到抽屜裡保管，說會轉達早班的工讀生。

「原來是同班同學啊，別太擔心，Y 醫院是專門治療交通意外的醫院，會好好醫治妳的朋友的。」

原來他也知道朴勇氣事件啊。雖然意外發生時間和打工時間不同，以為因為意外就發生在便利商店前面，所以才會知道，但其實是從肇事車輛的駕駛那邊聽來的消息。

「偏偏撞到學生的那輛車是配送我們店裡麵包的車子，雖然受傷的學生很可憐，但對送貨的大叔來說可是晴天霹靂啊。聽他說那學生明明看到有車子來，還是跳到馬路上啊，所以暴跳如雷地說怎麼可能有辦法阻止意外發生。雖然說大叔是有過失沒錯，所以也得賠些錢。」

經過學區附近的斑馬線，當然要減速慢行，但是根據肇事駕駛陳述，因為送貨時間已經延遲了所以沒辦法放慢速度，再加上附近只有站著一個穿著制服的學生，沒有太擔心的車輛就加重踩了油門，也因此導致了車禍，而警察也從便利商店前面的監視錄影器中確認了駕駛所言。那麼這樣說來工讀生哥哥知道的情況是確切的事實囉……

朴勇氣，原來是要試圖自殺啊！寶美從便利商店出來以後，還以為腿被打斷了呢，雙腿失去走回家的力氣，坐在便利商店前面大遮陽傘下設置的桌椅上，這才看到用噴漆噴畫的交通意外現場圖片。早上為了不要遲到，總是奔跑著進學校，下午又總和朋友們吵吵鬧鬧聊著天走出校門，對於斑馬線上的交通意外倒是忘得一乾二淨。

買了五個麵包走出來的朴勇氣站在斑馬線前面，那時距離第五節課還剩多少時間呢？課堂開始的前十分鐘才離開教室，打從一開始到便利商店買麵包，而且還要在時間內趕回教室根本就是不可能辦到的事。

會不會是變綠燈之際，心一急就跑出去才會造成意外呢？雖然寶美很想這樣相信，但是也不是這樣，因為工讀生哥哥說肇事車輛的行車記錄器上明顯顯示著車輛通行的綠燈。那麼，朴勇氣真的是自己往車子方向衝過去嗎？真的抱著尋死的心意嗎？痛苦到想要一死了之的感覺究竟是怎樣的呢？

就像工讀生哥哥說的，他是帶著怎樣的心情才會這樣做呢？寶美也想知道。他說警察來調查過，不像寶美這樣草率，而是正式的調查，這下許治勝和吳在烈能夠安然無恙嗎？

寶美就像是那天的朴勇氣一樣，站在斑馬線前面，原本是紅燈，深呼吸了幾次，變成了綠燈，雖然時間不長，但是朴勇氣連這點時間的餘裕都沒有。

從正面看過去，可以看到朦朧的保安燈燈光包圍的和平國中建築物，就像是吞噬了白天大大小小的騷動與紛亂，學校陷入了一片沉靜。雕刻著象徵和平的鴿子的大門也緊閉著，但是到了早上總是會如期打開的校門，迎接著每個孩子的到來。

就算知道那些自以為吐痰吐得很帥，實則難看死了的十五歲少年的痰裡有著尼古丁的成分；就算知道除了穿在身上，蓋住膝蓋的校服裙子之外，其實包包裡還有另一條改得超短的裙子；就算知道學生口袋裡的手機中充滿了各種難聽髒話的簡訊，但學校卻裝作什麼都不知道，仍然敞開校門迎接昨天的那些孩子們。

雖然那忘卻的力量是維持學校的力量，但是站在斑馬線前的寶美希望有一件事情一定不要被忘記，那就是希望大家不要忘了，有個少年提著裝著麵包的袋子，向著行駛中的車子奔了過去……期望大家不要忘了，想要在第五節上課鐘聲響起前通過校門，那少年殷切的期盼……交通信號轉換幾次的期間，寶美就這樣站在那裡好一陣子。

治勝

做夢也沒想到自己極力想隱藏的秘密，竟然被尹寶美知道了。

「你每次都跟你爸爸一起來訂水果對吧，你們家水果真的吃很兇耶，一個禮拜一定會叫一次水果配送，是吧？」

每次都送水果到家裡來，那麼肯定也發現了家裡沒有媽媽的痕跡吧。眼睛眨都不眨，說知道我弱點的女孩，用著那讓人聽了心情七上八下的口氣，讓自己動彈不得無法反抗，而且竟然就這樣拿出一張空白的Ａ4紙推放到自己面前……

「首先，先把你做過什麼事詳細寫下來，如果不記得的話，就找吳在烈討論。」

甚至叫自己寫下確切的日期和時間，這根本太強人所難了吧。坐在書桌前面，試著想要寫下第一行，但到底要從哪裡寫起，腦子根本就是一片空白，也有可能是一下子太多記憶錯亂雜章地湧上腦海也說不定。

白紙旁邊的筆記型電腦，漆黑的螢幕上面映著有一雙悲傷眼睛的孩子，就像媽媽離開的那一天一樣。那一天，治勝也像現在一樣坐在書桌前面，沒有聽爸爸的話，好好和媽媽做最後一次的道別。鎖上房門，大聲吼叫「管妳要不要離開，都跟我無關」，但其實潰堤的淚水早已爬滿整張臉龐。

「就算沒有媽媽，我們的生活也會和以前一樣，所以你們也別太慌張不安。」

媽媽走了之後，爸爸叫了哥哥和治勝過來這樣說道。治勝沒有辦法理解爸爸說的話，「我們」這一詞，如果不包含媽媽的話，生活怎麼可能和以前一樣呢？但是原本以為會亂七八糟的家，在請了打掃阿姨以後，也和以前一樣井然有序乾乾淨淨。哥哥更是拼了命努力念書，進入外語高中，爸爸也減少喝酒聚會，早早下班回家陪治勝。一方面感謝這安寧平靜的日常，一方面卻也感到害怕，曾經生活在一起的人，她的痕跡怎麼能夠這麼徹底消失得無影無蹤呢……是不是只要把家族照片拿掉，就可以抹滅掉過去一起度過的時光呢……

爸爸和哥哥都如常地生活著，在那泰然的生活之中，治勝迷失了方向，還以為自己會埋怨任意說離婚的爸爸，因不讀書又迷失徬徨的哥哥而心急如焚，也會咒罵說要尋找自己人生而離開家的媽媽……但在自己還沒來得及迷惘，也還沒試過走歪之前，所有一切就回到正常狀態的家，這反而讓治勝感到手足無措。

媽媽離開之後，一下子長高了二十公分，體重也增加了二十六公斤，現在就連鞋子也要穿到二十九號了，腋下跟性器官附近也長滿了體毛的這段期間，治勝一點都沒辦法平常地面對這一切。看到好端端的鉛筆就折斷，故意打碎玻璃杯，隨時口吐那些聽了相當不悅耳的髒話，比自己弱小，看起來很好欺負的幾個傢伙，就打爆他們的鼻子讓對方流鼻血，偶爾也會挑戰個子比自己高大的傢伙，揮舞著拳頭讓對方率先倒下。治勝會被推崇成二年級的老大，就是發生了幾起流血斑斑事件的結果。

分到二年四班的第一天，治勝搭著上班爸爸的車子，比其他同學都還要早到學校。爸爸最討厭遲到、邋遢的穿著，不要讓人一眼就看出沒有媽媽，這是爸爸和治勝之間心照不宣的協議。

治勝穿著熨燙平整的制服，坐在教室最後面等著其他同學的到來。雖然不怎麼熟，但有見過的同學們開始陸陸續續進來，常在網咖裡遇到的吳在烈也走進了教室，兩人還相互擊了掌。

「喔，治勝也在同一班耶，今年一定會超好玩的！」

比起熱情開心打招呼的吳在烈，治勝不溫不熱地回應吳在烈的招呼顯得有些冷淡，接著朴勇氣走了進來。

「他就是那個傳說中很有名的繼承者啊，搞不好會變成我們的贊助商咧。」

吳在烈一手遮蓋住嘴巴，小聲地在治勝旁介紹了朴勇氣這個人。雖然講得神神秘秘的，但是治勝早就知道了，因為國小時就曾經和朴勇氣同班過，那時候他個子還比治勝高，但是現在又瘦又小的身材，讓治勝低頭往下一看就可以一覽無遺。從前門走進教室的朴勇氣一看到治勝突然停下腳步。

「同一班是吧……」

一面拗折著指關節，一面對著朴勇氣露出不懷好意的微笑，朴勇氣已經與自己手下被打爆流鼻血，好欺負的那些傢伙沒什麼兩樣了，而且又有很多錢，就像吳在烈口中說的，拿來當「贊助商」也很不錯。

「勇氣啊，可以借我三千塊嗎？去補習之前要買晚餐吃，但我忘記帶錢出門了。」

治勝一開始沒有很強硬，而且第二天就會還錢。

「怎麼辦，今天只有兩千五百塊……剩下的錢下次再還你。」

治勝的「下次」總是不斷推延，面對嘴裡說著抱歉，該怎麼辦的治勝，朴勇氣也只是嘻嘻笑著說沒關係。當然，在那些還沒還清的錢推延到「下一次」之前，治勝又會再跟朴勇氣借錢，就這樣沒辦法還清的「剩下的錢」漸漸越積越多。每當這種時候，朴勇氣總說沒關係。不管這句「沒關係」到底是否出自真心，治勝一點也不在乎，因為本人說沒關係，代表就算不用還也沒關係。

當治勝做這些事情的期間，吳在烈也在旁邊反覆做了類似的事，每次放學回家時，吳在烈總是把朴勇氣帶在身邊，也許是因為沒有朋友，朴勇氣總是對吳在烈言聽計從。開端大概就是類似這樣吧。

「喂，肚子好像有點餓，今天勇氣請碗泡麵吧？」

雖然不是強迫的語氣，但是朴勇氣沒有絲毫猶豫就點頭說好，並且拿出皮夾。朴勇氣隨時隨地有著綠色萬元鈔票的皮夾，常常為了朋友們而被打開。等待放在便利商店簡易桌上，泡麵泡好的三分鐘裡，治勝其實有著一絲虧欠之意，但是神奇的是那愧疚的心情只有在等待泡麵泡好的期間才有，只要泡麵麵條滑入餓扁的肚子裡後，愧疚的心情很快就消失不見了，有時候短短三分鐘內，雖然感到有些抱歉，卻很快又隨著其他嘻笑打鬧朋友們的聲音而消失了，再後來的三分鐘，根本連那樣的感覺都沒了。朴勇氣該請碗泡麵的「今天」，在那之後也繼續延續下去，吳在烈不知道從何時開始光明正大地總要他打開皮夾，原本在放學路上開始的「打開朴勇氣皮夾」，不知不覺中，就連體育課後，甚至午餐過後也開始了，飲料和麵包從原來的一個開始，三個、四個，甚至到七個，數量逐漸增加，平均地享受朴勇氣恩惠，是吳在烈的意思，而治勝也沒有阻擋就是了。

「竟然說這是麵包 shuttle？」

雖然根本沒有一個人相信，治勝並不覺得打開朴勇氣皮夾是所謂的麵包 shuttle，要有錢的朋友請吃麵包哪是什麼大不了的罪過，不懂為什麼要這樣大驚小怪。要怪就要怪朴勇氣把吳在烈的話當作聖旨，不顧死活地跑來跑去，為什麼放著好好的嘴巴不說不要，害得事情鬧得這麼大，對朴勇氣的埋怨漸漸增加。

事發當天，因吳在烈所託離開教室前，朴勇氣最後一次望向治勝，兩人相視著，即使在吳在烈吵著肚子餓，快點買回來的狀況之下，朴勇氣用眼神問著治勝，自己究竟要去？還是不要去？朴勇氣一百公尺短跑記錄是十八秒嗎？體育課時測量的一百公尺記錄令人感到擔憂，朴勇氣的身體輕盈，要翻越過後牆不是難事，但是離第五節課時間已經所剩無幾了。表示「不去也可以」、「不想去就拒絕」的意思，治勝把頭轉了過去，對吳在烈口氣冰冷地說：

「馬上就要到科學教室了，就算買回來了，哪有時間吃啊？」

這就是不要買的意思，但是朴勇氣聽到這句話之後就出發了。笨蛋，都已經這樣說了，應該要聽得懂才對啊。

到底跟朴勇氣借了多少，又有多少沒還，怎麼想都想不起來的治勝，自己有打過朴勇氣嗎？雖然的確是有點惡劣的捉弄，但是不是暴力，絕對沒有像「哇啦哇啦」上面寫的脫褲子那類的玩笑。尹寶美要自己好好想清楚，仔細寫下來，但是治勝對著A4紙，好不容易才寫下了一行字。

「債務關係○萬元，除此之外沒有其他暴力或暴言。」

宰彬

可能是因為補習的時間太趕，吃得太急有些消化不良，現在肚子悶悶痛痛的。

雖然補習班的距離有兩個公車站遠，但是為了幫助消化也順便運動，決定走路過去。走了一段路後，發現自己到了進駐許多補習班的補習街。爸爸經營的補習班旁邊的大樓掛著一個巨大廣告布條，「教導所有的孩子有如自己子女」，這是利用安特學習補習班院長女兒上了S大來做的廣告標語。

「雖然把別人的孩子教得好很重要，但是自己的孩子上哪個大學更是重要。你知道十字路口的安特學習補習班吧？那邊院長的女兒不是上S大嗎？沒看到掛在那邊的大布條嗎？因為這樣所以非常多的學生都去那邊了。就算沒掛那布條，也會消息靈通不知道從哪裡打聽到，是說這種事情根本也隱瞞不了。所以啊，宰彬你聽好了，你一定要上好大學，這樣爸爸的補習班生意才會好啊，知道了嗎？」

爸爸說，至少現在要先掛上特殊目的高中的布條。宰彬的成績雖然不算差，但是還不到可以安心申請特殊目的高中的程度，得要再把成績提高才行。在這種情況下，比較保險的是申請今年首次出現，以領導能力為招考主項目的特殊目的高中，該怎麼說呢，視成績和品行為同等比重的意思。如果成為全校的學生會長的話，難道品行就能夠獲得驗證嗎？哼，真是可笑。

爸爸把補習班的未來發展加諸在兒子身上，要他再加油提高成績，但是即使是現在，宰彬也已經盡全力了。每次看到怎樣都無法追趕上的鄭惠妍，宰彬就覺得喘不過氣來也很害怕，就算休息時間，也沒有任何表情變化，每次看她在背單字或是解數學題目，那樣子根本不是人，就像是讀書機器啊。

「宰彬啊，我相信你！」

不管是班導師還是父母看到宰彬，都這樣對他說。小時候聽到這樣的話，心裡總會覺得有些洋洋得意，心頭湧上力量，但是現在卻像是沉重的大石頭壓在心頭一樣。

正要走進補習班教室時，碰到了臉上瘀青的宋智萬，說是和李英燦打架，結果右臉頰瘀青了。就像班導師在問朴勇氣事件名稱時，一片沉默中獨自回答了「麵包shuttle」一樣，宋智萬一點都不懂得察言觀色。宰彬直勾勾盯著看，宋智萬慌張地匆匆把臉轉開。

十五歲是個奇怪的年紀，有行為舉止就像厚臉皮大人一樣的許治勝，也有像連話都聽不懂的宋智萬一樣的孩子，宋智萬這種孩子徘徊在無知與純真之間的狀態，如果一有事情發生的話，就很容易因為自己的白目舉動，而被人討厭。說不定就是因為有朴勇氣這樣強力霸凌的目標對象，他才能平安無事生活到現在，他是就算某一瞬間變成被霸凌對象，一點也不令人感到驚訝的孩子。

如同白目的程度，他也不耍小手段或心眼，宰彬心想在這種時候搞不好會有幫助也說不定。宰彬拜託他老實說出意外發生那天午餐時間到底發生了什麼，話一說出，宋智萬大大眼珠子神情不安地轉動著。

「你從誰那邊聽到的啊？李英燦說了什麼是吧？」

為什麼會提到李英燦？害怕被集體懲罰，大家慌慌張張掩蓋和李英燦的鬥毆事件，看來與朴勇氣事件有所相關。雖然上課的時間已經近在眼前了，宰彬急忙把宋智萬拉到逃生樓梯間去。

「到底有什麼話不能從李英燦那邊聽到？你現在老實給我說出來。」

宋智萬馬上就意識到自己說錯話，立刻閉緊了嘴巴，但是很快就棄械投降地回答，像是很怕有人聽到，小小聲地說：

「不是這樣啦，那天的營養午餐不是很鳥嗎？」

聽他以「不是這樣」為開頭的辯解來看，肯定和朴勇氣事件牽連很深。

朴勇氣出去買麵包的事情，宋智萬從一開始就在旁邊看著。他說，如果不是肚子餓的話，才不會去要那一點麵包吃，但是那天下課就得要趕快去補習，想說等一下或許也可以分一口麵包，所以對著許治勝和吳在烈探頭探腦，一直在他們附近打轉。果然與宰彬所預測的事情發展經過一模一樣。

「你怎麼不勸阻一下？也沒剩多少時間了……」

宰彬才開口，宋智萬馬上就露出了一副很無言以對的表情。

「誰敢勸阻吳在烈啊？你不是也從來沒有阻止過嗎？朴勇氣買來的麵包，每個人不都有分一口來吃嗎？我記得你也有吃過啊……」

突然轉向攻擊宰彬，雖然宋智萬的話也沒錯，但是突如其來的逆襲真讓人感到不悅，而且宰彬現在又不是在追究誰對誰錯才問的。

深深覺得這次的調查會讓大家隱藏著不為人知的臉顯露出來，但是意外的也有些成果，透過宋智萬了解到，或許朴勇氣提著的五個麵包，會是解開這次事件的關鍵也說不定。宰彬掩飾著自己的不愉快，口氣婉轉溫和地再度開口問道：

「我知道，我不是那個意思。你也知道休息時間我常常不在教室，所以有點好奇。通常朴勇氣買麵包回來的話，都是哪些人分著吃，想說或許你會知道，所以才問你的，真的沒有別的意思。」

宋智萬真的很單純，看到宰彬態度溫和地說話，就把自己知道的盡可能全都告訴宰彬了。朴勇氣買麵包或飲料回來時，吳在烈就會呼喊附近的同學一起來吃一口嚐嚐味道，他說有幾個孩子是固定班底。

「李英燦、吳在烈、周承宇好像幾乎每次都會吃。啊，對了，張亞嵐那女生也是不管怎樣都要吃。」

而且還說，自己那天肚子特別餓，所以在吳在烈身邊晃來晃去，還特別強調如果是平常的話，自己絕對不會這樣。這意思是說，第三個人在李英燦、周承宇之中嗎？

「不過，你的臉也太慘了，為什麼會和李英燦打架？」

原本老實回答的宋智萬悶悶不樂地閉上嘴，從他變得嚴肅的表情可以得知，除了麵包以外，還有別的事情，但是比起宋智萬，宰彬更加老練。

「真的要我去問英燦嗎？」

一這樣說，宋智萬馬上「欸」的一聲叫了出來，那既非少年，也非男人的聲音迴盪在緊急樓梯間。宋智萬的聲音在八音階中，到 sol 就再也上不去了，既不尖銳刺耳，也不粗啞，處於不安定階段，在尾音部分還會分岔。雖然宰彬不管再怎麼努力，都只能發出 fa 左右相同音域聲音的變聲期，但是不會像宋智萬一樣聲音沙啞分岔。

勝券在握的宰彬帶著游刃有餘的表情對宋智萬笑，宋智萬這次也勉為其難開了口。

「其實，我叫朴勇氣幫我做歷史年代表作業，這件事被李英燦知道了。」

上學期歷史的實作評量作業要學生做歷史年代表，這作業要花費相當多時間，要做出可以一目瞭然的朝鮮時代歷史年代表。這是一個越仔細寫出更多事件，就越可能獲得好成績的作業。是宰彬用了四張Ａ４紙黏在一起，花了很多時間才完成的作業。如果叫朴勇氣做這件事的話，這樣的行為真的很惡劣。吃一口麵包的偶發性加害者，與指使幫忙寫實作評價作業計畫性加害者相比，兩個等級與次元完全不同。

重新看待宋智萬這個人了，如果這種程度的話，要說宋智萬是「第三個人」一點也不奇怪。不知道是不是因為宰彬皺了皺眉頭？又再度以「不是這樣」開頭的宋智萬說，不是隨便指使的，是花錢請他做的。

「我本來就很不會做這種手工啊，所以真的很不想做這個作業，朴勇氣說只要給他打工費的話，自己就要幫我做，是他自己主動提議的。我問他不是錢很多，為什麼要做這種事，他說到下禮拜為止沒錢可花，拜託我讓他做的，是朴勇氣苦苦懇求我的。他還說，反正如果我不讓他做實作評量作業的話，他也會去找別的人，一直苦苦糾纏我……所以我才給他一萬塊叫他幫我做作業，結果被李英燦知道了，大聲嚷嚷著說我才是那個最惡劣的傢伙，所以我們才吵了起來。不是免費叫他做的，我付錢委託他的啊！」

語畢，宋智萬一臉委屈的樣子，好像是在辯解著自己不是那麼壞的傢伙，你根本就不了解，不要用那種眼神看我的感覺。

花錢委託就可以這麼理直氣壯嗎？還是該追究叫別人做自己的實作評價作業，

在道德上的瑕疵問題呢？如果這個也不是的話，難道這是等同一萬塊價值適當的勞動嗎……但是宰彬什麼都沒有接下去說，毫無眼力的宋智萬根本沒察覺到宰彬這樣的心情變化，繼續說下去。

「李英燦才是，每次朴勇氣買麵包回來，總是在旁邊搶著分一口的傢伙呢，怎麼好意思說別人啊。」

李英燦也不相上下，這樣的辯解雖然可以理解，但是宋智萬的行動，已經在宰彬心中留下了無法抹滅的厚臉皮印象。

「我才不是那麼壞的傢伙咧。」

連李英燦都扯進來，不知道是不是哪裡覺得不痛快，最後又嘟嘟囔囔吐了這麼一句。

不是那麼壞的傢伙……宋智萬的確不壞，只是有點卑鄙而已，就算是壞事，如果大家一起做的話，就會覺得沒關係也不會有罪惡感的孩子。雖然沒有把朴勇氣當做目標人物欺負他，但是因為和許治勝、吳在烈站在同一陣線比較輕鬆舒服，所以也參與其中，可是，這樣的行為難道可以說是不壞嗎？

宋智萬盯著宰彬的臉，那眼神就像是質問著「你不是也有吃」的意思……是啊，我也吃了，我也很壞……面對湧上心頭的羞愧，整張臉漲紅。

宰彬常去的教堂掛著米歇爾天使的畫像，米歇爾天使一手上拿著天秤，聽說用那個天秤可以秤出罪惡的重量。如果將宋智萬和李英燦放在天秤的兩端，究竟天秤會朝向哪邊傾斜呢？如果把我也放上去，天秤也會大大傾斜吧。

原本以為純真的宋智萬，竟然也有這樣的一面啊，但是沒有辦法坦蕩蕩罵人的處境，讓宰彬的心情變得很沉重。

「可是朴勇氣竟然也會有沒錢的時候？真是件怪事。」

只是想要岔開話題問的問題，宋智萬竟然意外地回答了。

「不管多有錢，也沒有給予可以任意揮霍程度零用錢的父母，聽說簽帳卡的帳單金額高到不得了，說他花了太多錢，就說十天不給他零用錢。」

那麼就不要花錢就好了，幹嘛還要幫別人寫作業，本來想要這樣說的宰彬，腦海裡浮現了許治勝和吳在烈的臉，不用說，這兩個傢伙怎麼可能會相信朴勇氣沒有錢，根本就不會這樣輕易放過他。

連這種打工都做，還要買麵包進貢？朴勇氣，你的日子可過得真辛苦啊……被車子撞到身體彈飛的朴勇氣，不是單純的交通意外，而是真正的「案件」。

「課要開始了，進去吧。」

一直偷偷觀察著宰彬的臉色，宋智萬顯得卑躬屈膝，但是說出來的話卻是要結束話題。

「不要再這樣了，反正知道了這五個麵包的主人，心裡舒坦多了。剛才說的四個人，再加上許治勝就剛剛好了。」

可能覺得自己已經洗清嫌疑，臉上再度恢復輕鬆表情的宋智萬，伸手抓住了要回教室的宰彬。

「可是有點奇怪，許治勝幾乎都不吃。以前吳在烈也說過，那傢伙叫人家買麵包回來，自己卻總不吃。」

真的嗎？宰彬再次確定時，「真的是這樣啊。」宋智萬肯定地點頭回答。

許治勝竟然不吃？還真是意外的反轉啊。在宋智萬離開的黑暗樓梯上，宰彬呆呆地站著，彷彿自己陷入迷宮一般的感覺。

意外發生後　第四天

治勝

去學校的路上可以看到Y醫院，朴勇氣住院的那間醫院。

朴勇氣究竟受傷多嚴重呢？雖然假裝不在乎，但是很好奇朴勇氣的狀態，腦海中浮現了像是木乃伊全身緊密地纏繞著繃帶的樣子，他努力抹去想像的身影。

停下腳踏車，抬頭望著醫院大樓，看見有一輛車子停在前面，有個穿著和平國中制服的學生下了車，還以為是誰，沒想到竟然是吳在烈。離學校還有一段距離，為什麼會在這邊下車呢？

「說完就下來，不管對方說什麼，就只要說對不起……一定要去，知道沒？」

似乎又聽到車內人說話的聲音，但是車子又再度「咻」開走了。車子裡傳出的聲音主人是吳在烈的媽媽。吳在烈的媽媽是學生家長會的幹部，肯定知道朴勇氣事件，所以才會叫他來道歉的吧？想當然耳，肯定暴跳如雷，氣得打吳在烈的背，質問為什麼要搞出這種事情吧。

一點都沒有察覺治勝在後面，吳在烈舉步維艱，動也不動地瞪著醫院的正門。

「在猶豫什麼？只要打開門就能走進去了。」

治勝開口搭話，吳在烈大吃一驚地回頭看。

「你怎麼會在這裡？」

「哪有為什麼？這是上學的路啊。星期五爸爸要早點上班，我要自己騎腳踏車上學的日子啊，明知故問。」

原本一臉驚訝看著治勝的吳在烈，抬起腳步轉身往學校走。

「怎麼就這樣走了？我剛剛通通聽到了，先跟朴勇氣道歉再走啊。」

話才剛說完，吳在烈馬上又再度轉身走回來，抓住治勝的手臂。

「我們一起進去。」

「班導師不是叫我們不要去嗎？要去的話，你自己去，而且剛好有話要跟你說，正好。」

治勝甩開吳在烈的手臂，告訴他昨天和尹寶美、金宰彬的談話內容，為了要找出第三個人，要他一起去自首……

話才說完，吳在烈氣呼呼，擺出一臉不可理喻的表情。

「你沒腦子嗎？為什麼要調查那個？你覺得你適合做那件事嗎？」

治勝也是這樣想，可是在留言板上已經被公開，就連電視臺都來採訪，這種情況下，實在也沒有理由要隱瞞。

「反正是三個人一起自首就可以結束的事情，而且事情趕快結束對你也好，不是嗎？如果一直持續這個狀態的話，不也讓人心裡覺得很不舒服嗎？」

治勝不以為意地說完，吳在烈馬上就揚起嘴角，像是在嘲笑他一樣。

「要不要我給你一個情報？不要自首，絕對不要！」

治勝也一樣抱著想要逃避的心情，但是，怎麼可能「絕對不要」！如果不自首的話，全班都要接受團體心理輔導啊，自己並不想牽累其他朋友到這種地步。

「你在說什麼啊？班導師不是說只有自首，才不會報告到校園霸凌委員會去嗎？」

對於治勝的話，這次吳在烈更加露骨地嘲笑。

「班導師說，朴勇氣因為交通意外，受了很嚴重的傷，當然這起事件不是單純的交通意外，而是因為霸凌事件。再加上前天哇啦哇啦留言板上把整件事情揭穿，也很難繼續隱瞞下去，你知道這代表什麼狀況嗎？任誰看都知道這是校園暴力事件，所以這根本是要把全部的事情都推到我們的頭上啊，怎麼可能不送到校園霸凌委員會去？你到現在還相信班導師的話？」

吳在烈說不知道哇啦哇啦留言板消息怎麼傳開的，現在就連家長們也都知道朴勇氣事件了，這件事情已經是很難睜一隻眼閉一隻眼的狀況了。雖然心想應該不會這樣，但這件事也不是一點可能性都沒有，更何況和平國中是以預防校園暴力為重點的學校。

「即使如此，班導師……」

不知道該說什麼才好的治勝有些欲言又止，但是吳在烈仍繼續煽動挑撥。

「自首的話就等於承認校園霸凌了，如果朴勇氣家人報警的話，搞不好還要賠償巨額和解金。你以為我喜歡在這時間來跟朴勇氣道歉嗎？要找第三個人？拜託你清醒點吧！」

吳在烈說完轉身就走，治勝雖然也跟在後面，但是受到太大衝擊，就連腳踏車的踏板也沒辦法好好踩。

「原來這是個案件啊……」

治勝第一次這樣想。

到了學校以後，吳在烈要自己清醒一點的言語，盤旋在腦海中揮之不去。根本從來沒想過巨額和解金這類的事情，本來以為只要寫反省文給班導，被扣扣分就可以結束的事情，現在吳在烈的話令治勝忍不住害怕地起了雞皮疙瘩。

「是從媽媽那裡聽到了什麼，才會這樣說的吧？」

治勝的爸爸到現在還什麼都不知道，治勝至今為止在學校還沒有受過什麼大的懲處，如果爸爸知道的話怎麼辦？治勝這才開始擔心，真的要自首認罪嗎？要不要去問班導師？可是班導師說如果三個人不自首的話，就要接受團體心理輔導啊……

治勝看到對角線方向吳在烈向著黑板坐得挺直，好像突然扮演起模範生一樣，神情認真。那傢伙是絕對不可能會自首的，治勝心想。今天雖然沒辦法，但至少吳在烈明天會向朴勇氣道歉，不管怎樣都要把這件事情解決才行。但是朴勇氣的父母會願意接受道歉，讓這件事情就此被掩蓋嗎？

今天本來也想去向班導師自首，但是聽了吳在烈的話以後，好不容易下定的決心，卻變成猶豫不決無法決定的事情。好不容易心煩意亂地熬到下課了，結果下課休息時間尹寶美立刻走了過來，讓治勝更是心亂如麻。

「午餐時間我們翻牆去便利商店看看吧，午餐就在那邊買三角飯糰解決。」

那閃閃發亮的眼神是怎麼一回事？就像是成了解決重要案件的名偵探，尹寶美的俠義心腸令人感到負擔。本來想跟她說自己改變主意不想自首了，而且一點也不好奇第三個人到底是誰，但是午餐時間的鐘聲才響起，脫掉制服裙換上體育褲的尹寶美馬上就出現在眼前。

「因為我一次也沒翻過，你來帶路吧。」

突然沒辦法說不想去的治勝拐彎抹角地說：

「為什麼要去便利商店？」

「就是想去！」

治勝使出了小伎倆，本來想要一直問下去，就可以拖延時間，但是尹寶美一把抓住治勝的手，像是推土機一樣把他推了出去。

和平國中、和平高中和學生餐廳的建築物，呈現ㄇ字狀，校門的右邊是和平高中的建築物，正面則是可以看到和平國中，還有校門的左邊是學生餐廳、大禮堂、社團教室等多用途建築，所以除了校門以外，沒有開闊視野，是個令人感到沉悶的地方。幸好，至少有個可以令人喘息的空間，座落在從校門看不到——和平國中後方。

不知道是不是為了要向那些指責學校，說學校又不是中國紫禁城，要讓刺客進來後感到無法窒息，什麼學校竟然連一棵樹也沒有的家長一個交代或辯解，國中大樓的後方有一個小小的庭院。雖然這是因為運動場太小，沒有地方做園林造景的工程，勉強進行的結果，到處都是樹木和長椅就算了，但是那荒唐的三層石塔放在那裡，完全看不出來到底是有什麼意圖。儘管如此，有著「秘密花園」的這個空間，意外帶給學生們幽靜閒適的感覺。

當然，也出現在使用上與學校方針不同的問題，庭院與三年前剛建好時有了變化。最具代表性的變化就是，當初為了安撫學生們的情緒與休息而設置的長椅，現在被不良學生當作吸菸席來使用，所以後來以像是單槓、仰臥起坐、扭轉腰部的運動機器取代消失的長椅位置，也因此這裡搖身一變，成了庭院與健身房合為一體用途不明的場所。

可是在秘密花園經歷變化的過程中，別說是國寶了，就連地方文化資產都很難得到認可，看起來就像是新的三層石塔，依然堅守在原處屹立不搖。看起來就像是用現代機器切割的稜角，一點都感覺不到出自於匠人之手的三層石塔，雖然沒有悠久的歷史，卻有著許多稀奇古怪的傳聞。究竟石塔如何在學校裡首次登場的理由，大致可以分為兩種。原本住在寬敞庭園別墅的理事長搬到漢江邊的高樓大廈後，將原本庭院有的三層石塔硬塞到學校的「難以處理說」；另有一個說法是在原本是私人士地上建造和平國中時，要將本來的石塔搬走，可是不知怎麼的，不管是動員了挖土機還是起重機，石塔就是一動也不動，只好繼續放在原處的「聞風不動說」。

就算擦亮雙眼也找不到會對著石塔做繞塔祭的孩子，但是三層石塔奧妙能力的傳說，卻在學生之間口耳相傳流傳開來。從摸摸三層石塔的第二個蓋石就會考試順利這類普通傳說，到如果可以把石塔整個搬起來的話，和平國中就會出現整理好數十年來百發百中的考古題這種荒謬傳說，雖然傳說等級的差距很大，但是不管哪一個傳說都是沒有根據、也沒有目擊者，所有的傳說全都一樣荒謬。

最近三層石塔最大的功能，就是孩子要翻牆到學校外面的時候，當他們的墊腳石。因為石塔靠近圍牆，所以一腳踩上第二層蓋石作支撐，另一腳就可以跨上圍牆，如此一來就可以輕易從學校裡脫逃出去。當然像這樣方式使用石塔的孩子並不多。因為大致來說和平國中維持著和平，是因遵守校規的學生遠比違反校規的學生多更多。

當治勝和尹寶美沒吃午餐餓著肚子，正準備要翻越圍牆的時候，大多數的孩子都乖乖拿著餐盤站在學生餐廳，和平國中的和平就是這樣維持著。

發現左腳已經踩上三層石塔第二層蓋石上的尹寶美有些猶豫，治勝說：

「只要爬上圍牆，就可以看到放在巷子裡的廚餘垃圾桶，只要踩著那桶子就可以了，妳可以吧？」

「不好意思喔，我在鄉下可是連蘋果樹都爬得嚇嚇叫呢。」

尹寶美身手矯健地爬上了圍牆，瞬間就越過圍牆跳了下去。

「還好吧？」

治勝才問，就聽到寶美說「快點過來」的回答。

治勝一腳踏上了第二層的蓋石時，突然覺得朴勇氣個子那麼小，應該很辛苦吧，說不定他的個子比尹寶美還矮呢……

一爬上圍牆，看到在圍牆下方悠閒等待的寶美。

「廚餘垃圾桶破損的原因，原來就是和平國中啊。」

寶美指著廚餘垃圾桶破損的蓋子。

越過學校的圍牆，有一條通往住宅的小巷子，也因為有收集那條巷子住戶的廚餘桶，所以沒必要直接跳到地面上。

「廚餘桶有時候會被移到大馬路那邊。」

可是如果大馬路邊有廚餘垃圾桶的話，給行人的觀感不好，因而被附近店家抗議，所以很快又移回原本的位置，但是偶爾還是有從圍牆直接跳下來，結果摔傷膝蓋的情況發生。

「朴勇氣發生意外那天是怎麼樣的呢？」

尹寶美是在自言自語嗎？還是在問我呢？不管哪一個，除了朴勇氣，沒有人知道那天的情況。

要跳下圍牆之前，治勝深呼吸了一下，一年級時比起現在還要矮個幾公分，沒有廚餘垃圾桶，治勝照樣直接跳了下去，可是不知道從什麼時候開始，總是叫朴勇氣跑腿，像這樣爬上圍牆，已經是非常久遠以前的事了。原來，朴勇氣很害怕吧。為了抹去這想法，治勝「咚」地一聲跳了下去。

因為主要客源是和平國中學生的關係，白天時段的便利商店相當冷清。一直很好奇為什麼要餓著肚子跑出來，但是尹寶美絕對不是沒有任何理由就來便利商店的。因為尹寶美昨天晚上已經把印出來的二年四班郊遊照片，寄放在便利商店裡。

「晚上打工的哥哥轉交給我了，發生意外的孩子就是他，對吧？」

聽說是最先報案的人，便利商店的工讀生哥哥在三十個人之中，準確地指出朴勇氣，當然，朴勇氣經常來便利商店買東西也是原因之一。

「和別的客人在講話的時候，非常短的時間裡，他叫勇氣對吧？明明就看到他站在前面那邊，但不知道什麼時候，就看到他躺在車道上了。」

說起意外的瞬間，工讀生哥哥還打了個冷顫，身體有些微微發抖。

他說，真正目睹整件意外發生的人不是自己，而是一位客人，聽到一位來買菸的客人大叫的聲音，工讀生哥哥才轉頭過去看，他說那時朴勇氣已經倒臥在馬路上了。

「天啊，這孩子在幹嘛？」

客人的話裡是否有隱藏什麼的意思？應該就像班導師所說，沒有遵守交通號誌，任意穿越馬路的意思吧，可是如果只是因為闖紅燈的話，感覺不會說這樣的話才對啊。還是他根本直接衝往車子的方向嗎？朴勇氣真的會這樣做嗎？

雖然治勝很好奇，但是卻又不敢問，只好把視線轉向窗外。便利商店窗戶外的另一邊可以看到變成綠燈的交通信號燈，和正在過馬路的路人們，街道的對面就是和平國中，不知怎麼的學校看起來跟平常不太一樣。透過便利商店窗戶的窗框看過去，就像是拍攝日常生活的紀錄片的感覺。綠燈下緩緩前行的日常生活，看起來如此平靜，而尹寶美打破治勝寧靜的感受。

「請問一下，這照片裡面有沒有常和朴勇氣經常來便利商店的人？」

怎麼這麼大刺刺地在我面前提出意圖這麼明顯的問題呢？對，是我叫朴勇氣來買麵包的，要不要就在這裡自首？妳想要的就是這個？

一股怒氣竄上，給予瞪著尹寶美看的治勝致命一拳的是工讀生哥哥。

「和妳一起來的這個孩子，還有另一個孩子。」

前面說的這個「孩子」是治勝，後面的「孩子」是照片裡的吳在烈。比起尹寶美厚臉皮的問題，眼前直接不給人面子工讀生哥哥的“sense”，更是讓治勝為之氣憤。

「沒有其他的孩子了嗎？」

打工哥哥又指出畫質很差的春天校外教學照片中的李英燦，有些得意洋洋。

「我原本眼力就很不錯。」

「啊，對了，聽說前天電視臺還來採訪，問了什麼呢？」

治勝因緊張而雙腿有些發抖。

「沒什麼特別的，什麼都問，問了交通意外，也問了這一區的全稅⑫房租，還問了監視器是否有自動啟動。」

看來不是只問了關於朴勇氣的事情，有些慶幸的心情，「呼」鬆了一口氣。

⑫韓國房租分成兩種，全稅與月稅。全稅是付高額保證金，每個月不用再另外付月租的租屋方式。

很怕被眼力好的工讀生哥哥抓住什麼把柄，本來想要趕快出去，可是尹寶美硬是要吃個三角飯糰配牛奶，拗不過她，治勝也在旁邊吃著泡麵。就在泡麵快吃完的時候，工讀生哥哥像是想起什麼似的，於是對尹寶美說：

「啊，對了，叫勇氣的那個孩子，聽說晚上也常會來這裡。我是因為一個比我早來打工的晚班姊姊介紹才來這裡工作的。前一陣子姊姊突然經過就進來了，那時候大概是放學的時候吧，那時候叫勇氣的孩子也在。姊姊指著勇氣問說，那孩子和女朋友最近還好嗎？」

女朋友？治勝原本夾起的泡麵應聲滑落，尹寶美一聽也變得有些激動，聲音高八度地詢問工讀生哥哥。

「朴勇氣有女朋友？」

像是呼應治勝與尹寶美的反應一樣，工讀生哥哥也一臉無法理解的表情，頭歪向一邊。

「是吧，很八竿子打不著邊的感覺吧。因為我也大概知道那孩子給人的感覺，所以覺得很奇怪，還特別問真的是女朋友嗎，結果她說，他們經常在很晚的時候來，每次買三角飯糰、飲料、餅乾、冰淇淋，全部都是叫勇氣的那男生付錢，所以印象很深刻。」

工讀生哥哥有些皺著眉頭，像是在想些什麼，又開口說道：

「對了，姊姊還這麼說，勇氣甚至還幫女生買過絲襪。」

不管怎樣想都覺得是女朋友的樣子，可是想像朴勇氣身旁有女朋友的樣子，怎麼想都覺得很彆扭。

站在斑馬線前面，治勝率先開口。

「妳覺得呢？真的是女朋友嗎？」

「嗯，連絲襪都買的話，有點那個，如果是普通的女生，才不會想從男朋友那裡拿到像絲襪這種東西。所以，我在想，該不會那個女生就是第三個人吧？」

聽了尹寶美的話，也感覺這可能性很高，什麼東西都幫忙付錢的那句話，也讓治勝很在意。但是如果尹寶美的話是對的，那麼也就是說朴勇氣就連晚上都在幫別人跑腿……忍不住罵了一句「這個笨蛋傢伙」，但這一切不是一句髒話就可以帶過的，朴勇氣的生活也過得太心酸了吧。

看看手錶，午餐時間剩下十五分鐘，沒有必要急急忙忙跑回去，所以乖乖遵守交通號誌過馬路，運氣很好，警衛室沒人，不用費力爬上圍牆可以直接從校門口回學校。

「不管怎樣，發現了一條大線索，辛苦了。」

尹寶美拍拍治勝的肩膀回到自己的位置上。本來想要告訴她，自己不會自首，所以沒必要做什麼調查，但是因為對朴勇氣的女朋友問題，而錯過了開口的機會。可能是因為事情似乎發展得出乎意外，心裡也湧起了一陣煩躁不安。

寶美

「離期末考已經沒剩多少時間了，週末不要再玩了，多念點書吧。」

下課鐘響，正要離開教室的班導師，在鄭惠妍開口下停下了腳步。

「老師，請問有人自首了嗎？」

班導師說「沒有」，並且看著鄭惠妍，帶著「還有其他問題嗎？」的表情，鄭惠妍的確還有要問的。

「我想問，朴勇氣是在星期一發生意外的，老師說自首的時候是星期二，那麼自首期限是到星期一還是星期二？」

班導師再度回到講臺，粗粗的眼線微微地往上挑了挑，看來鄭惠妍的話讓她很不高興。

「看來這件事讓妳很在意啊，既然我是星期二說的，那麼期限就到下週二。還有其他問題嗎？」

這次開口的是宋智萬。

「自首的話，真的就不會送到校園霸凌委員會去嗎？當初老師說的時候，還只是我們班的秘密而已，但是因為留言板上的文章，現在全校師生都知道了，就算這樣，也不會送去嗎？」

宋智萬那傢伙又在幹嘛啊？看來是被抓到什麼把柄了吧，那就趕快自首啊，幹嘛問這種問題，班導師不理會這些鬧哄哄的嘀嘀咕咕，這樣回答：

「朴勇氣事件官方說法是交通意外，當然，正如大家所知道的，因為非正式的緣由，所以才要霸凌朴勇氣的三個人自首，總之官方說法是那樣。所以，就如同一開始所說的一樣，只要自首的話，就不會上報到校園霸凌委員會，我不會讓這件事呈上去的。」

語畢，班導閉緊雙唇，一路走來始終如一寬粗的眼線，抿成一字線緊閉的雙唇，感覺到了某種堅定意志。

「如果三個人裡只要有一個人沒自首的話，真的要全班接受團體心理輔導嗎？」

鄭惠妍再度發問，最終，鄭惠妍最想知道的，只在於接受團體心理輔導會不會剝奪自己下午的時間。

班導師直瞪著鄭惠妍。

「惠妍妳有什麼不滿的嗎？」

「這件事該受罰的人明明另有其人，可是卻要牽連沒有犯錯的人，全都一起追究責任，我覺得這是不對的。」

班導師沒有立刻回答，取而代之的是抬起原本放在講桌的雙手交叉在胸前，這是每次當她在思考的時候，會有的習慣動作。

如果把班導師的表情解讀成「該拿這孩子怎麼辦才好？」不知道會不會太誇大解釋了？班導師擔心的「這孩子」，鄭惠妍是一個自己想法相當明確的孩子，有時候根本不管他人的感受與想法，心裡想說什麼就說什麼。上次社會課的時候，社會老師說隨著貧富差距加大，出現了兩極化的社會現象，街道上的流浪漢們也是因為社會結構的矛盾，而出現的犧牲品，可是鄭惠妍卻持反對意見。那是在距離下課前只剩五分鐘，社會老師的課程幾乎就要結束的狀態，即使如此，她還是高談闊論發表己見。她說，雖然不否認社會問題很大，但是說那些人是因為缺乏個人努力做為基礎，所以才會淪為流浪漢的可能性更大，如果努力讀書奮力向上，取得個人成就的話，就不會淪落到這種地步，不能只是單方面歸咎於社會矛盾，鄭惠妍話說得斬釘截鐵。

下課鈴聲響起的同時，為了要衝出教室早已悄悄側身蓄勢待發的同學，對於鄭惠妍的反駁感到不耐煩。她在搞什麼啊？明明早幾分鐘就可以下課了，現在後面拖拖拉拉的，把休息時間都浪費掉了，與其說是不滿鄭惠妍說的內容，更氣她拖延了下課時間，教室後方傳來李英燦不滿的聲音。

「個人的努力與成就的確是相當重要的，但是我所指的是，根本連個人努力也無法改變一切的貧困階層，以及無法給予援助的社會構造的矛盾啊。在惠妍所不知道的我們社會陰暗處，有人努力想要過著平凡的日子，不管怎麼付出努力都不會有結果，對這些人指指點點，質問他們為什麼沒有更努力，這是非常殘酷的一件事。希望惠妍能夠明白這一點。」

那時候，鄭惠妍雖然嘴裡回答「是的」，但是卻一臉不認同也不開心的樣子。那是妳才可以這樣啊，父母都有穩定的工作，只要自己努力有好的成績，要進特殊目的高中也不難，繼續保持這樣的狀態，肯定也可以上好大學，畢業後進好公司，一路一帆風順啊。但是，光是現在妳眼前，坐在妳旁邊的同學，本身的條件就跟妳不同，難道妳看不見嗎？妳能主張在不同條件下出發的競爭是公平的嗎？也許公正是從承認不公平的條件開始的吧？

如果有人因為失敗而痛苦，不該責備他應該要再努力一點，而是應該要握住他的手將他扶起才對，就連沒有鄭惠妍聰明的寶美也知道這個道理。

在鄉下的果園裡，種植蘋果的道理也是如此，如果照不到陽光，蘋果就無法變紅，這時候為了要讓陽光能夠照射進來，就會摘掉樹葉，把蘋果蒂扭轉方向，在地上鋪上反光膜，讓陽光可以反射才行，要不斷費神注意讓蘋果全方位接受陽光照射，這樣一來才能種植出鮮紅欲滴讓白雪公主一看就嘴饞的蘋果。如果沒有費心照料的話，不會成就出任何一顆完整的蘋果，光是蘋果就如此，人的話更是無須多說了。這個道理連平凡的農夫都知道，念了這麼多書的鄭惠妍卻不知道。

看著鄭惠妍的寶美忍不住「唉」地嘆了一口氣，可是想到明知道如此，但有時卻還是羨慕著鄭惠妍的自己，這下又成了什麼？

過了一會兒，班導師放下了原本交握在胸前的雙手，這表示已經整理好思緒的意思。

「究竟我們班裡，一點錯都沒有的人有幾個呢？惠妍妳知道有誰嗎？還是，妳覺得妳也算在那完全沒有一點錯的人之一呢？」

對於班導師的提問，鄭惠妍聳了聳肩。小時候曾住在澳洲，所以經常做出這樣的動作，明明就可以說出口，偏偏要用這種動作來表示，這算什麼啊。而且聳肩的動作，到底是代表著不知道的意思，還是不是的意思呢？

「不對的事情已經發生，不管是朴勇氣被霸凌，還是明明知道，卻假裝不知道袖手旁觀，全都是不對的事情。可是惠妍妳卻只覺得因為這樣要接受團體心理輔導是不對的。週末的時候，我再想想，什麼才是對的方法。你們也都想想看。那麼，週末愉快。」

「砰」的一聲，關上教室門的聲音顯得格外響亮。班導師一走出教室，鄭惠妍就一邊嘟囔著「啊，煩死人了。」一邊收拾書包往後門出去。「砰」後門關上了，比剛才關門的聲音還大。

放學後，寶美又再度來到了後巷，午餐時間翻牆到便利商店，是為了想要跟著朴勇氣的動線走一次看看。可是踏上三層石塔翻牆跳到後巷時，內心的感覺很微妙，這對個子比寶美還要矮的朴勇氣來說一定很困難，而且竟然為了買麵包進貢，得做到這種地步，想必也帶給他很大的屈辱感吧。許治勝、吳在烈，你們真的太過分了……

寶美其實也很常看到朴勇氣提著便利商店的袋子，和其他同學吃麵包、喝飲料，但是就僅只於此了，一點也不關心東西是怎麼買回來的。如同班導師所言，不對的事情已經發生了。

「那天如果沒有廚餘垃圾桶的話，會怎麼樣呢？」

突然想起上個月朴勇氣膝蓋有點破皮的樣子，雖然他說是運動的時候打籃球受傷的，但是搞不好是因為在當麵包 shuttle 時所受的傷也說不定……

「本來我可以幫他買的……」

寶美因遲來的後悔，緊咬下唇。

朴勇氣一直以來都勉強地當著他們的麵包 shuttle 啊。寶美腦海中想像著朴勇氣的模樣，一手拿著便利商店的袋子，一腳還要爬上廚餘垃圾桶，接著另一隻腳又要跨上圍牆牆頂，這真的可能嗎？手上還提著一個袋子，要爬上去肯定很吃力……因為很好奇這樣的狀況是否真的可行，所以想要模擬一下當時狀況。寶美環顧四周，稍微拉起制服裙，接著高高舉起一隻腳，就在這個時候。

「喂喂，那個學生，妳在那邊做什麼？」

宏亮聲音的主人，是一位穿著上面印有「治安」字樣藍色背心的老伯，覺得很難為情的寶美把已經抬起一半的腿放了下來，乖乖地雙腿併攏。

「等一下，看妳的制服，妳是這個學校的學生吧，為什麼放著好好的校門不走，偏偏要從這裡進去呢？」

光是衣服上「治安」兩字就算了，但是脖子上還掛著哨子，加上帶著懷疑的眼神，讓人下意識地感到膽怯。寶美把滑落的眼鏡推了上去，連聲輕咳了一下，清了清嗓子。

「只是因為很好奇能不能翻牆進入學校，所以想試一次看看，絕對沒有其他的意圖。」

就像是為了表示自己絕非爬牆的不良學生，寶美邊說邊急忙地搖手解釋。

「前幾天，有個國中生在前面那邊發生了車禍，妳知道吧？那小子已經翻牆翻了好一陣子了，如果不守規矩的話，就會出那樣的意外，妳也要記住。」

天啊！「治安老伯」知道朴勇氣事件，而且就連朴勇氣每次都翻牆這件事都知道。寶美趕緊向前走去詢問正要去附近敬老院的老伯。

「妳說妳是那飛鼠小子的朋友啊？好吧，妳想知道什麼？」

治安老伯把朴勇氣稱為飛鼠，看來是因為很常看到他翻牆，所以才會這樣叫他吧。

治安老伯把寶美帶到敬老院前，敬老院門前堆疊著沒有椅背的塑膠椅子，拿了一張椅子叫寶美坐下。

「妳有看到這裡有『治安』兩個字吧?這敬老院也有著治安廂房的功能,我就是這裡的代表啊。」

治安廂房?看到寶美歪著頭一臉疑惑的樣子,老伯立刻興沖沖地向她說明。治安廂房是符合市民需求的行政組織,設置在各處的敬老院,如果有看到或是聽到令人不便的事項或情況,就報告給附近的派出所,以利於解決其問題的政策。老伯說自己是這間「蓮花敬老院」的代表,同時也兼任治安廂房的代表。

「等等,飛鼠小子的名字叫什麼來著的啊,二年級朴勇氣,對,這裡有寫呢。」

治安老伯從藍色的背心口袋掏出了一本老舊的手冊,拿給寶美看。手冊上歪歪斜斜的字跡,寫著「二年四班朴勇氣」,接著下面標記著五月八日、二十七日、六月二十三日、二十六日……

這日期是什麼?該不會是自己所想的那個吧,果然沒錯。

「這些日期就是我看到飛鼠小子的日子,光是我看到的就這些了,實際情況翻牆次數一定遠超過我記錄的。」

寶美一臉驚訝地看著老伯。妳不是他朋友嗎?怎麼連這都不知道?老伯帶著有些責備的語氣問寶美。

治安老伯常常看到朴勇氣買麵包或飲料後,再爬牆回學校,所以也馬上就察覺了這小子被其他同學霸凌的事。

老伯問寶美：

「不過話說回來，你們學校的營養午餐真的有這麼糟糕啊？得讓飛鼠小子這麼常為了沒吃飽的同學，這樣來回奔波買麵包，糟糕到這種程度啊？」

寶美猶豫著不知道該怎麼回答才好，問題不在營養午餐啊。老伯不知道有多大年紀了？不知道以前是怎麼樣，但是現在的學校可是階級社會啊，會讀書的孩子、有錢的孩子、幽默的孩子、拳頭硬的孩子、擅長運動的孩了……在這之中，如果擁有好幾個條件的人，就占據了階級社會的上流階層，像朴勇氣雖然有錢，卻身處下層階級是相當特殊的狀況。

寶美的腦海裡浮現了某個人曾經說過的話，幸好被霸凌的人是朴勇氣，反正錢很多的孩子被霸凌，也不會有太大的問題。其實寶美內心深處也曾這樣想過，如果今天一定要有人被霸凌的話，最好是被搶了錢也不著痕跡，挨打也能忍受撐過，被無視也能一笑置之的這種孩子就好了。皮夾裡總是裝滿了錢，被鎖頭式攻擊，第二天早上仍舊會笑嘻嘻出現在大家面前的朴勇氣，從這方面來看，是被霸凌的最佳人選了。

如果今天是沒錢的孩子被霸凌的話呢？又能負擔得起上繳網咖的遊戲費用，還得要買麵包和飲料進貢到什麼時候呢？再也無法忍耐下去的話……在最後的想像中，寶美忍不住緊緊閉上了眼睛，手臂上爬滿了雞皮疙瘩，這不光僅僅只是因為下午的風而已。寶美搓搓手臂，看著老伯，學校生活遠比老伯想像的還要更加複雜與微妙。

看到寶美沉默不語，老伯像是自言自語地嘀咕。

「現在的孩子都太忙了，就是因為這麼忙，所以才連自己朋友翻牆跑來跑去都不知道。我就知道飛鼠小子總有一天會出大事的，嘖嘖。」

治安老伯的臉上也被陰影籠罩，但是就在聽到老伯發出嘖嘖咂舌聲音的同時，突然有個疑問，身為舉報治安死角角色的人，為什麼沒有跟派出所報告朴勇氣的事情呢？要不然至少也該跟學校說啊。從老伯手冊上面的日期看來，也有好幾天了，舉報時間不是很充裕嗎？

「可是想請問一下，為什麼您沒有跟警察說朴勇氣的事情呢？」

對於寶美的提問，治安老伯說「是啊」，彷彿早就在等著寶美問這問題似的。

「我就知道妳會問，我的確沒有跟派出所警察說過飛鼠小子的事情。因為在我發現以後，問他要不要幫忙時，那小子說真的沒關係啊。」

寶美鬱悶到想要搥自己的胸口，一個沒事的傢伙，怎麼會放著好好的校門不走，得這樣翻牆爬進爬出的呢？忍不住懷疑，這麼沒 sense 的老伯，怎麼會負責治安廂房呢？

「我曾經在學校工作過很長一段時間，在鄉下學校當了十二年的警衛，在學校也看過形形色色的孩子啊，飛鼠小子說的話是出自真心的。只要看眼睛就能知道了，他說話時眼珠子可是沒有絲毫晃動啊，證明那可不是謊話，所以我相信那小子的話。即使是這樣，還是覺得那小子很可憐，所以也幫過他幾次忙。」

治安老伯說有時候巷子裡沒有廚餘垃圾桶的日子，他還會特別去拿敬老院前的塑膠椅子拿過來放，讓朴勇氣踩著椅子可以輕鬆爬上去。而且偶爾在便利商店的斑馬線遇到他的時候，也曾對校門警衛使個眼色，讓朴勇氣可以從校門進去。

「校門警衛金先生是我家鄉後輩啊，有一天我在斑馬線前遇到了飛鼠小子，提著一堆麵包和飲料，而且那天又是下雨天，所以我跟金先生說要他網開一面，那天飛鼠小子就從校門口進去了。」

如果那一天也是幸運的日子就好了……

「朴勇氣一點也沒有沒關係，那些壞孩子都一直欺負他。如果當初老伯有幫他報警的話，或許那天就不會發生意外也說不定。」

雖然所有責任不該是治安老伯來承擔，但是埋怨的話語不由自主地脫口而出。

聽了寶美的話，老伯深深地嘆了一口氣。

「聽到發生意外的消息，我也感到相當後悔，我想我太相信那小子的話了。從校門進去的那一天，我看他提著那麼大袋東西，所以擔心地問他，花這麼多錢真的沒關係嗎？可是那小子的回答也真的很好笑。他說自己現在正在做作業，問他是什麼作業，他笑著跟我說就快要完成了，要我別擔心。所以我才讓這件事情算了。唉，真是的。」

治安老伯有些不好意思地抓抓頭，並且遞給寶美一張名片，要寶美如果有什麼事的話，一定要跟他聯絡，不要猶豫一定要找他商量。

走出陰影越來越深的小巷，再度站在學校前面時，這才想起朴勇氣說過的話。他說在寫作業？

就算這可能只是對老伯隨口胡謅的話，但是聽起來總覺得耐人尋味，所以老伯也相信地沒有追究。

「朴勇氣，你的作業到底是什麼啊？」

綠燈亮起，彷彿是在催促著寶美趕快想出答案一樣，急促地閃爍著。

意外發生後　第五天

宰彬

「姜宇宙，就不能再踢高一點嗎？這樣就算有人防守，要頭槌才會比較容易啊。」

當時正在練習角球情況的定位球戰術，李英燦不知道對什麼很不滿意，接連拉高音量，後來看到宰彬，還碎念他晚十分鐘才到，根本不知道自己可是好不容易才逃出來。

雖然考試就迫在眉睫，但是因為是班級對抗足球準決賽，所以宰彬沒辦法缺席，比賽前一個小時集合是為了熱身和檢查定位球戰術。宰彬藉口說要去讀書室念書才好不容易脫身的，因為就算跟媽媽說是班級對抗賽，媽媽肯定會問為什麼要連你也加入，反正也聽不到什麼好話，想要過媽媽那一關，沒有一件事是輕鬆的。

雖然宰彬的位置是邊後衛，但是未能打滿十一名，只有九名球員的比賽裡，不能只守著自己的位置，所以要利用身高高的人去阻擋對方的前鋒。被稱為「和平梅西」的李英燦打算以單前鋒進攻，帶球前進突破重圍，李英燦的腳下功夫依舊了得。

「李英燦加油！」

即使星期六，以張亞嵐為首的幾個女孩子來到場邊幫忙加油打氣，李英燦心情不錯地把球傳給了吳在烈……吳在烈一腳踢空，球便滾出了邊線之外。

女孩子們咯咯發出了銀鈴般的笑聲，吳在烈尷尬地笑了。

「喂，許治勝不能你來踢嗎？叫吳在烈來踢不覺得不行嗎？」

李英燦對著無神坐在運動場旁邊的許治勝發脾氣，吳在烈個子矮小身材瘦弱，在肉搏戰裡總是處於劣勢，再加上傳球的成功率也大幅降低，上次比賽中傳給吳在烈的球好幾次被對方搶走。姜宇宙從猶豫不決的對方選手搶過球之後，傳給了李英燦，幸好球在比賽終場前射門而入，差點就要因為吳在烈的傳球失誤輸了比賽。因此，拼命爭奪比賽勝負的李英燦發脾氣也是可以理解。

「幹嘛一直拿失誤說嘴，別擔心，在比賽的時候踢得好就好了嘛。」

吳在烈豪言壯語地說自己在實戰裡會表現得不一樣，寫著數字四的大大隊服背心，穿在吳在烈乾癟身材上，顯得很不搭。

許治勝最討厭跑步，雖然他說他討厭流汗，但是應該不是這樣，看他大大的手握著原子筆畫著漫畫角色時，額頭上滲著涔涔汗水，但看起來並不討厭那汗水的樣子。

「隊服背心不合身，叫吳在烈踢吧。」

許治勝一臉興致缺缺地斷然拒絕了。

米黃色的運動服搭配上紅色隊服背心的組合，看起來真的很可笑，尤其是身材高大的人如果穿上紅色背心看起來就像是維尼熊一樣，而四班代表維尼熊就是許治勝。話說就算沒有背心，看起來也很搞笑，和平國中的學生真的很討厭米黃色的運動服，米黃色如果沾到泥土，就很難清除掉，最重要的是，從遠處看的話，還以為是沒穿衣服一樣，讓人忍不住揉揉眼睛再仔細看一次。所以有好長一段時間，和平國中體育時間是裸體跑步的謠言，在附近學校流傳著。

「反正都要被誤會，乾脆在上面畫上六塊肌，怎樣啊？」

愛開玩笑的吳在烈還在運動服上衣上用水彩畫了六塊肌，猛一看，陰影處看起來還真有些像是巧克力腹肌。

「吳在烈太強了！比制服好多了，每天都這樣穿吧。」

比起噗嗤一笑的男孩子，女孩子則是一邊拍手一邊笑到眼淚都掉出來。反應如此熱烈的六塊肌紋路，結局卻不盡如人意，因為個子矮小，站在前排馬上就被體育老師抓到，那天他只能在學校洗手臺用肥皂洗掉六塊肌，原本畫上巧克力腹肌的位置，留下了淺黃色的污漬。

「啊，我的六塊肌！」

體育課結束後，吳在烈抓著體育服上衣絕望地吶喊著，宋智萬嘲笑挖苦地說：

「什麼六塊肌！除了污漬什麼都沒有啊。」

就像宋智萬說的，留在米黃色體育服上的污漬，看起來就像是去澡堂洗澡，熱水泡過身子後被搓出來的污垢一樣。紅色背心遮住了吳在烈體育服上的「污垢」，努力奔跑著，才在想做為熱身運動來說，是不是跑得太兇了，果然如此。等到比賽真正開始之後，吳在烈看起來體力急遽下降的模樣。

雖然吳在烈不是主力攻擊手，但是九名運動員分守整個運動場，得在不小的範圍來回奔跑。果不其然，吳在烈沒能追上負責防守的二班對手，在比賽開始十分鐘之內就被對方攻進一球。

「欸，吳在烈，那裡！」

李英燦氣得滿臉漲紅大發脾氣，即使如此，這只是比賽初期而已，隨時都可以翻盤的，四班加油！趙秀珍大聲地喊道。宰彬也認真地穿梭在運動場奔馳著。但是在前三十分鐘結束，比分仍舊是一比零沒有任何變化。

各班九名選手在上下半場共一百分鐘的比賽，雖然跟成人比賽比起來規模小巫見大巫，孩子們都相當認真。上半場結束時，印著四班的紅色背心早已濕透，當然綠色的二班背心也是一樣。

休息時間，女孩子們遞上了運動飲料，再次大聲為他們應援。

「李英燦，快踢進一球啊！」

果然期待全都集中在李英燦身上。

下半場開始後，為了要幫李英燦製造進球機會，大家都盡量把球傳給他，可是二班有兩個人特別看守李英燦，所以球屢屢被搶走。

終於機會來了，照著剛才定位球練習，姜宇宙有個角球進球的機會，李英燦對著姜宇宙眨了眨眼，是「把球傳給我吧」的信號，本來計畫應該是當姜宇宙把球踢高，李英燦就會用頭槌或是把球往下踢進球網，練習時也是這樣演練的……但是李英燦旁邊黏著兩名防守者，以為姜宇宙會把球踢得很高，但沒想到姜宇宙把球傳給了宰彬。在踢球的瞬間，因為衝向李英燦防守的另一名防守隊員，宰彬的前面一直到球門呈現完全空檔，沒人防守的狀況。是啊，上吧！宰彬用力一踢，球進了球門，球網晃動著。雖然不是練習過的定位球戰術，但是踢進了同分球。

幹得好，李英燦一邊稱讚一邊拍拍宰彬的肩膀，雖然李英燦的表情看起來不是很好，但是判斷把球傳給前方視野開闊的宰彬的姜宇宙是正確的。李英燦也終於有機會了，因為突然有人貼在宰彬身邊防守，不再綁手綁腳的李英燦，在下半場終場前五分鐘，因為對方傳球失誤，成功攔截了球並且順利把球踢進了球門。雖然運動服跟背心都濕透了，但是還是進入了決賽。

「像這種日子，不是應該要喝一杯慶祝一下才是嗎？」

沒辦法洗澡的情況下，帶著酸酸的汗臭味只是換了衣服，吳在烈大聲嚷嚷著。

「去便利商店喝杯可樂吧！ＯＫ？」

李英燦也開心地附和，踢進決勝球的主角李英燦已經換了上衣跟褲子，拿起了掛在椅子上的夾克，這時候口袋裡有東西掉出來，是一張卡片，剛好就掉在宰彬旁邊，宰彬撿起來……是一張後面有著朴勇氣親筆簽名的銀行簽帳卡。

「這是什麼啊？」

雖然嚇了一跳，但是不想因為還不清楚內幕的事情就引發騷動，所以低調地問。

驚慌失措的李英燦小聲地說等一下跟他說。

「本來想要還給他的，可是朴勇氣發生意外，所以來不及還他，你不要誤會！」

孩子為了要乾一杯可樂一窩蜂地走出去後，雖然李英燦辯解，但是令人無法理解。

「問題不是在於沒有還回去，奇怪的是為什麼你當初拿朴勇氣這張卡片。」

李英燦就像是沒什麼大不了一樣，用拳頭輕捶了宰彬的肩膀。

「欸，開開玩笑地搶過來的而已嘛。」

你的意思是就像剛剛輕輕捶了肩膀一樣的玩笑？但是對宰彬來說，這絕對不是開玩笑，宰彬一臉正色，李英燦就生氣了。

「對，是跟他借的。可是這又不只我一個人用，吳在烈、宋智萬、周承宇全都一起用。」

如果幾個人一起用的話，就可以這麼理直氣壯嗎？李英燦的藉口實在更卑鄙。

李英燦從宰彬手中搶走那張卡片，完全不掩飾自己臉上不悅的神情，臉上寫著你什麼時候這麼為朴勇氣著想的表情，你算什麼東西的表情。

治勝

治勝在足球比賽一結束就離開了學校，然後恍恍惚惚地走著，差點被從巷子裡開出來的車子給撞到，「嘎嘰」刺耳的緊急煞車聲，車子好不容易才在治勝面前停了下來，搖下車窗，戴著太陽眼鏡的歐巴桑對著治勝放聲大罵。

「喂，你活得不耐煩啊？走路不看路的嗎？這傢伙是想害死我嗎……哎呦，真是倒霉死了！」

對不起，治勝點了點頭道歉，歐巴桑又罵了句髒話，車子就開走消失了。

真的沒聽到車子的聲音，等到車子走了以後，才回過神來，突然驚覺自己剛才差點死掉，雞皮疙瘩爬滿手臂。那距離連李英燦常把玩在手中，彎曲又伸直的三十公分長尺都不到，幸虧那短短的距離，自己才保住了性命。當車子來到距離自己只有三十公分的面前時，朴勇氣究竟在想些什麼呢？那麼身體飛彈起時呢？落在冰冷的柏油馬路上時呢？

試圖讓自己鎮定下來時，突然想起了朴勇氣，以前在學校時根本一點也不在乎他，現在只要一看到他的空位，就會想起朴勇氣的一些小習慣。

朴勇氣是一個很會抓中心的人，就算是根本不知道中心在哪裡的長方形，朴勇氣也可以輕而易舉地把筆記本放在右手食指上轉啊轉的。不管是素描本、餅乾盒、甚至是手機，只要到了朴勇氣手中，就可以不停在食指上轉動著，上次在排隊領營養午餐時，也拿著餐盤轉啊轉的。

「手指頭上也不可能有什麼裝置，怎麼可以一次就抓準中心轉得這麼順？真的很神奇。」

就連吳在烈也認可的才能，這麼會抓中心的小子，怎麼自己人生會活得這麼沒有中心呢？難道吳在烈，不，我所說的話，會讓你害怕到跳到疾駛而來的車子前嗎？

下意識中走到了Y醫院前。

「要不要到朴勇氣病房附近呢？只要把門稍微打開一點點，偷偷看一下他的臉就好了？」

不知不覺中治勝已經走進了醫院的大廳，止要向櫃臺詢問病房房號，遠遠地看到了鄭惠妍的身影。

鄭惠妍為什麼會在這裡？該不會朴勇氣的女朋友就是她？驚訝也只是短暫的，害羞湧上了心頭，治勝急忙地躲到自動販賣機後面，腦子裡一片混亂，班導師口中說的意想不到的人物如果是鄭惠妍的話，那還真的是史上最強的反轉啊。

鄭惠妍坐在醫院大廳的椅子上不知道在等誰。對於躲在販賣機和大花盆之間的治勝來說，這是偷偷觀察的最佳位置。呆坐片刻的鄭惠妍用手揉揉自己的臉，搓著臉的鄭惠妍臉色看起來非常陰沉，眉間的皺紋像是深深刻畫上去。

「該不會是在擔心朴勇氣吧？到底為什麼會來醫院呢？」

治勝帶著一顆忐忑不安的心觀察著鄭惠妍，治勝蹲太久的雙腿慢慢傳來了訊號時，鄭惠妍從座位上起身，走出了醫院。治勝為了要跟上鄭惠妍也跟著急忙起身，原本就很厚實的大腿肌肉已經是僵硬發麻的狀態了。治勝抱著發麻的腿，伸出食指沾了口水輕點了鼻頭，雖然口水這種澱粉酶可以舒緩發麻肌肉根本沒有根據，但是神奇的是，來回幾次沾了口水點鼻子後，發麻的腿也稍微舒緩了。可是走出醫院時，早已不見鄭惠妍蹤跡了。跟蹤這回事，不是隨便誰都可以做得好的。

星期六的速食餐廳裡，有著許多以家庭為單位的客人。

「你到啦。」

尹寶美和金宰彬在速食店前碰到，所以一起進來。

「治勝你有發現什麼嗎？」

對於金宰彬的提問，治勝想就讓尹寶美來說吧，什麼話也沒說。

「昨天午餐時間我和治勝一起翻牆去了一趟便利商店。宰彬你沒試過吧？要踩著石塔爬上去也真不容易啊。像你們這些高個子的人可能還好，但是對於朴勇氣來說肯定很難，如果沒有廚餘垃圾桶的話，要直接跳下去也很可怕。老實說，到現在都沒發生意外，真的很神奇啊。」

話一說完，尹寶美眼神瞥向了治勝，眼神中滿是怨懟。

「我帶相片去，問和朴勇氣一起來的孩子有誰，就如同我們所想的，有許治勝、吳在烈、李英燦這些人。但是在那邊聽到了奇怪的話，那邊的工讀生說朴勇氣晚上時間常會和一個女孩子一起來。」

「女生？」

金宰彬說他也是第一次聽到這種傳聞。

「雖然說兩人好像是在交往，可是感覺又很奇怪，因為看來只有朴勇氣單方面一直在付錢。」

尹寶美話一說完，金宰彬「啊」了一聲。

「該不會就是班導師說的意想不到的人物吧，意想不到的意思會不會就是女生的意思？」

對比宰彬驚訝地還拍了下手，尹寶美顯得泰然自若。

「我們昨天也想過了，可是如果朴勇氣有交往的對象，不可能一點傳聞都沒有，可是完全沒聽說過朴勇氣有這種緋聞不是嗎？」

治勝也同意尹寶美的話，因為朴勇氣連手機也會隨便借給別人，如果有女朋友的話，一定會有照片或是秘密往來的簡訊，如果真是這樣的話，就不可能會隨便借人手機。治勝雖然想起在醫院裡看到鄭惠姸的事情，但是怎麼想都覺得不太可能，所以並沒有說出口。

「想想朴勇氣給人的形象，說不定有秘密交往的可能性？晚上在學校前面的便利商店見面，也說明了這種可能性不無可能。」

聽宰彬這麼說，尹寶美搖了搖手。

「這種關係才不是交往的關係咧，想要掩蓋男朋友的存在，卻又單方面地從他身上挖錢？這種人可以稱得上是女朋友嗎？」

如果不是女朋友的話，會是什麼樣的關係呢？單方面敲詐勒索著朴勇氣的人？不管是白天、晚上都過著被人勒索的日子，實在太悲慘了。朴勇氣，你到底過著怎樣的生活啊？對於朴勇氣，治勝認真嚴肅地陷入思考。

突然，尹寶美推了治勝一下。

「朴勇氣有對誰表示過好感，或是有沒有看過類似的跡象呢？」

治勝苦思了一下，但是完全沒有這種印象。不知道是不是因為治勝幫不上忙，所以尹寶美一邊用手指摸著嘴唇一邊思考著，可能是自己腦海裡也沒浮現出任何相關的臉龐，寶美搖搖頭，接著取而代之的是向治勝問了一個丈二金剛摸不著頭緒的問題。

「你有叫朴勇氣寫過什麼作業嗎？」

作業？從來沒有。

尹寶美是在哪聽到了什麼消息嗎？該不會是吳在烈在我不知道的情況下幹的好事吧？就在治勝苦惱的時候，金宰彬有些猶豫不決卻還是說出口了。

「作業的話，是宋智萬。上學期的時候歷史老師要我們畫歷史表當做實作評量作業，宋智萬叫朴勇氣幫他做，照宋智萬的說法，他有給他錢，總之有這麼一回事！」

金宰彬把宋智萬和李英燦打架的理由也都說了。

「這些傢伙，也太卑鄙骯髒了吧。」

治勝不自覺地脫口而出，可是自己有資格說這種話嗎……果不其然，另外兩個孩子用著異樣眼神看著治勝。

發現到兩人目光之後，治勝閉上了嘴巴，為了要轉換一下氣氛，尹寶美換了個話題。

「有打聽到留言板上的文章是誰寫的了嗎？」

雖然金宰彬私下悄悄地向學生部老師詢問，但是自始至終老師都不願意說是誰。

「可是老師語意模糊說了令人不解的話，說音樂老師的照片或許可以成為線索，可是照片很久以前早就被刪掉，那張照片根本就被忘得一乾二淨。」

那麼，也就是說找到狗仔隊的機率可以說是零的意思，尹寶美有些惋惜地向金宰彬嘖嘖了兩聲。

金宰彬似乎想要一掃陰霾的情緒，輕描淡寫地答道：

「也只好就當作踩到狗屎吧。」

可是好不容易維持的氣氛，卻被治勝破壞了。

「金宰彬，真不好意思，這話不能這麼說吧。你難道不覺得倒楣的不是踩到狗屎，而是有人故意要讓你踩，所以把大便放在那裡的嗎？我也有討厭的人所以我知道，不會無緣無故就討厭一個人的，一定都是有理由的。找找看那理由吧，因為這才是對真心討厭你的人的基本禮貌。」

因為治勝的話，宰彬大聲地推開椅子站了起來，說自己很忙，轉身掉頭就走了。氣氛降到了冰點，尹寶美也說要去補習班的時間到了，起身離開。幹嘛要雞婆多管閒事，說這些沒用的話，此時治勝後悔湧上了心頭。

寶美

因為快要考試了，所以星期六晚上也有加強課程。在補習班裡一遇到張亞嵐，張亞嵐便拉著寶美到便利商店，要她隨便選個飲料，伸手拿了冰涼的奶茶，卻覺得有些暈眩的感覺相當陌生，以為是摸了太冰的飲料才會這樣，所以換了巧克力牛奶。

張亞嵐選了罐裝咖啡，笑著說是為了防止自己打瞌睡用的。說的也是，因為得連續上三小時的數學加強課。怕胖所以選了無糖口味，張亞嵐喝了一口臉馬上皺成一團，十五歲的年紀喝黑咖啡果然還是太勉強了，而且還是考試期間，就連狂灌甜甜的飲料都無法讓心靈獲得慰藉了，更何況是黑咖啡！

「因為朴勇氣事件不安得要死了，寶美妳沒事吧？」

皺成一團的臉不僅僅只是因為咖啡而已，可是我沒事而張亞嵐卻不安的理由是什麼呢？小心翼翼地問張亞嵐是有什麼事，張亞嵐吐露出令人意外的話。

「之前妳剛轉學來的時候，不是沒有在咖透群組嗎。那時候有發生一件事情。」

那一瞬間，寶美剛才有些暈眩的感覺又再度襲湧上來，原來不是罐裝飲料的關係，是因為第一次所以感到有些尷尬的緣故。這是第一次和張亞嵐兩個人單獨聊天。

雖然擺脫了五月初剛轉學過來的時候，從其他女孩們那感受到團結一致的冰冷氣氛，但即使到現在和其他女生同學們之間仍有些尷尬殘留。在聽到張亞嵐提到了群組的話之後，這才理解為什麼剛才會有著那種頭昏眼花的感覺。

「啊，那時候啊……」

寶美有些鼻酸眼眶泛紅發熱，過去的記憶如潮水般湧現，當打開教室門的那一瞬間，所有孩子們瞥過來的眼神，有多麼地冰冷，度過尷尬的一天根本有如地獄般的痛苦，下課時間總是自己一個人呆呆地坐在位置上，只好拿出補習班的作業出來寫，或是假裝睡覺，只期待下課十分鐘能夠趕快結束。

寶美轉學過來時，班上的女生們已經建立了群組，可是之後也沒有任何人邀請寶美加入。和其他人在一起的場合上，聽著大家說著昨天晚上在群組裡談論的內容，自己卻半句話也插不上，那時真希望自己乾脆是個透明人還比較好。

對誰都沒辦法說出這樣的煩惱，如果說的話，大人們大概會這樣回答吧？那妳就叫她們邀請妳進入群組啊，把話說出來就可以解決的事情，為什麼要在這邊自怨自艾？如果真的有心要邀請的話，在寶美開口之前，其他孩子就會加她進入群組了。霸凌是沒有標準應對手冊的，究竟該如何行動，是沒有正確解答的。寶美擔心自己如果先開口的話反而會自討苦吃，所以只是帶著焦急不安的心等待著。

教室裡的階級社會化讓印度的種姓制度顯得相形失色。帶著以前學校第一名的消息轉學來的學生，是個討人厭的異鄉人，在新加入的社會裡，當然不屬於任何階層。

寶美那不起眼的成績和不突兀的行動，證明了自己沒什麼可看的之後，才好不容易獲得了團體聊天室的邀請。那是在五月底了，如果團體聊天室裡有什麼事件的話，應該是在那之前，可是即使說是團體聊天室，裡面的對話其實並沒有什麼特別內容……

「雖然偶爾會在男孩子背後說說閒話，但是這也不是什麼大不了的事情，這有什麼值得擔心的啊？」

沒想到她是一個比想像中還要小心謹慎的人啊，這樣的孩子們如果跟其他同齡朋友凝聚成團體時，原來會發揮這麼大的力量，忍不住覺得格外的可怕。

「原來妳完全不知道啊，也是啦，因為妳是後來才加入的。我們女生之間曾經做過人氣投票，不對，說是人氣投票好像不太對？」

在寶美被隱約排擠的期間，女孩子建立了團體聊天室，並且投票排出討人厭的順序。張亞嵐一再強調雖然什麼事情都會做，但這只是單純因為好玩而已，除此之外沒有其他的意思了。

聽到這句話之後，寶美又再度覺得毛骨悚然。我該不會也在那名單裡吧？一股恐懼感湧上心頭。不知道是不是因為看到寶美臉色一沉顯得緊繃嚴肅，張亞嵐趕緊誇張地左右擺著手。

「喂，別想太多！只有選討人厭的男生們順位，那個排行榜上，朴勇氣以壓倒性票數獲得了第一名。」

「幸好。」，寶美鬆了一口氣安心地脫口而出，那瞬間，張亞嵐隱約露出一副嘲笑的表情，一臉妳也沒什麼不同的表情。只要不是我就好了，反正倒楣的不是我就沒關係……似乎被發現自己想要隱藏的真實心思，寶美也稍稍低下了頭。

「不管怎樣也比發起這種低級投票的妳們好多了。」

寶美心想，並且再度穩住自己的心情。

「太過分了吧，乾脆辦人氣投票不是比較好嗎，為什麼要選這種東西？」

「妳看看妳！咖透上可是有顯示名字的耶，怎麼可能在那邊說要辦人氣投票啊。老實說，妳做得到把內心所想的全都表現出來嗎？如果真的辦人氣投票的話，妳又會投給誰？」

聽了張亞嵐的話之後，覺得的確如此，寶美也沒自信敢說出自己的真心話。

那麼，難道討人厭的選拔就可以說真心話的意思嗎？究竟投給朴勇氣，而不是選擇動不動就引起騷動的許治勝、吳在烈就是出自真心的嗎？雖然心想到底為什麼要辦這種沒用的投票，害得現在心裡飽受痛苦，但是還是開口安慰沮喪的張亞嵐。

「原來妳也投了朴勇氣啊，聽說有辦法可以刪除咖透裡的簡訊，如果覺得很在意的話，就刪掉吧。」

即使這樣說了，張亞嵐緊皺的眉頭卻一點也沒有放鬆。

「在朴勇氣發生意外那一天，女孩子們早就把咖透都刪掉，全都亂成一團了。但問題不是這個。」

那天幾個女生在教室後面拿著手機，小小聲地交頭接耳，原來是這麼一回事啊。可能是怕萬一要大家交出手機來調查，所以才會這樣吧？但是事件會擴大到要調查所有孩子手機的地步嗎？難道還有其他問題所以才擔心的呢？

也許是以為寶美無法確切體會這事件的重要性，張亞嵐壓低音量像是自白似地說：

「聽說朴勇氣也知道這件事情。」

他知道自己登上討人厭第一名的「寶座」？不是只有女孩子群組的秘密投票嗎？消息是怎麼傳出去的呢？

「朴勇氣是怎麼知道的？是誰嘴巴這麼大？」

討人厭投票本來就是不對的事，但是把消息傳出去更是卑鄙。趙秀珍昨天在群組裡自首了，那時候在投票給心目中討人厭的對象的同時，也要寫下討厭的理由，她說她把那全部內容傳給朴勇氣看了，所以要當時寫討厭朴勇氣理由寫得太過分的人去自首。朴勇氣手機復原的話，到時候就會全部被揭發，該怎麼辦才好？

寶美驚訝地無法闔上嘴巴，除了完全不顧對方心情的殘忍行為很過分外，更令人驚訝的是，做出這種事情的人竟然是趙秀珍。趙秀珍是四班裡個子最高的女生，身高一百七十公分的她，就連臉蛋也長得很成熟，看起來很像大人，甚至個性也和外表相似，與平時肝膽相照和氣待人，一夕之間卻會翻臉不認人冷冷轉身離去的同齡女孩不同，她對每件事都顯得漠不關心，也因為這樣個性的關係，經常被人誤會。

轉學來的第一天，趙秀珍拍了一下寶美的肩膀。

「聽說妳是從鄉下轉學來的，土包子，歡迎妳！」

沒有高低起伏單調的語氣，再加上竟然叫自己土包子！令寶美忍不住懷疑這話真的是歡迎的意思嗎？聽到這句話時，寶美沒聽到「歡迎」，而是把重點放在「土包子」，所以當下覺得心情糟透了。可是後來觀察了一陣子，這就是趙秀珍的風格，雖然不像徐娜萊那樣和藹親切地搭話，但是第一個把自己手機號碼告訴寶美的就是趙秀珍。

「如果妳有什麼不懂的，就問我吧。」

拿起放在桌上寶美的手機，把自己的電話存進去。句尾的語調究竟是驚嘆號，還是問號，沒有起伏的以一個音調說完的話語，總是很難讓人清楚掌握。雖然大家年齡相同，卻讓人覺得是「大姊」的趙秀珍，聽了也難以置信這會是她做的。

「趙秀珍有說她為什麼這麼做嗎？這麼討厭朴勇氣嗎？」

寶美才問，張亞嵐像是逮到了機會，口沫橫飛地大揭趙秀珍的底。

「這個就更令人想翻白眼了，其實趙秀珍自己投給了許治勝，所以她自己卻像沒事人一樣，好像這一切與她無關一般，讓我們大家全都成了壞人。知人知面不知心啊，平時假裝得一副什麼都不在乎的樣子，怎麼能把所有人都蒙在鼓裡呢？」

不知道到底是因為覺得被趙秀珍背叛，還是因為擔心朴勇氣事件之後會帶來的後果，張亞嵐甚至眼眶裡還有淚水打轉。

據說，討人厭的投票結果是朴勇氣獲得壓倒性的票數。除了雖然有收到邀請進入群組，但是因為補習和家教沒有時間看手機的鄭惠妍，以及剛轉學來正被排擠的寶美以外，所有的女生全都寫了名字和討厭的理由，裡面除了兩票以外，其他人全都把票投給了朴勇氣。「有點錢就很囂張愛現，個子又矮，外表也長得很不怎樣。」

這是張亞嵐寫的理由。

趙秀珍那天就立刻把投票結果傳給了朴勇氣，連那些寫著討人厭、長得醜、一輩子大概就跟在許治勝、吳在烈後面當個小跟班等之類的理由，也一起傳過去了。如果有人說了「討人厭」，就沒辦法寫下相同的理由，所以其他人就會寫「囂張愛現」，接下來其他人就會寫下「滾一邊去」這類更具刺激性的話語。而這些朴勇氣全都知道了……

光是知道投票結果，肯定就已經很痛苦了，何必要連理由都一起傳給他呢？趙秀珍為什麼會做出這麼殘忍的事情呢？雖然不確定，原本還以為第三個人是男生，但是現在不管誰成了第三個人的候選人都不奇怪了。大家都是一腳踩在同一灘爛泥巴裡，現在卻全都紅了眼，發了狂地想找出一雙腳全都踩在爛泥之中的人，簡直是五十步笑百步啊。

「申恩彩甚至還寫『希望他乾脆死掉算了』，在我看來，她寫的最過分。妳覺得呢？比起我寫的，申恩彩寫得更過分吧？對吧？」

不知道是想要得到安慰，還是想要得到認同，張亞嵐催促寶美趕快回答，但是不管哪一個寶美都不甚滿意，所以寶美回答得很含糊。

「這話真的很過分，那麼看來申恩彩也肯定不安地直發抖了吧？」

「倒是沒有，她說自己在那句話下面有貼一個吐舌頭的表情符號，如果是對咖透有點熟的人來看，應該就會覺得是開玩笑的？怎麼可以說出這麼厚顏無恥的話啊？只要多貼一個表情符號，隨便說什麼話就都是開玩笑嗎？妳不覺得她這話很可笑嗎？」

不只是「她」很可笑，全部都很可笑，明明看到了，卻不接電話、在本人背後說壞話，然而卻又把這整件事告訴當事者……就好像所有人都有權力可以任意無視朴勇氣一樣。也許朴勇氣瘋狂似地飛奔到便利商店買麵包這件事，不過是他受到眾多痛苦的冰山一角也說不定。

「朴勇氣，沒接你的電話真的很對不起。」

雖然看著張亞嵐，不知道為什麼眼前卻鮮明地浮現著朴勇氣的臉龐。

意外發生後 第六天

宰彬

星期天下午是青少年的彌撒，雖然有的少年是為了看漂亮女生才來的，但是宰彬是為了真心悔過才來聖堂的。閉上眼睛祈禱著，突然一陣情緒湧上了心頭。

「請原諒我吧，請原諒我所說的所有話和錯誤的行為。」

嘴巴變得越來越口無遮攔，獨處的時間，實在忍不住出口成「髒」大罵，無論是父母、老師、朋友，都是辱罵的對象，甚至連在罵什麼都聽不懂的髒話通通都跑了出來。

每當一有壓力的時候，就會嘴癢想要罵髒話，宰彬這樣的行為很危險，自己也意識到了。上次因為留言板的事情去找學生部老師時，也因為「獨家報導」的話很生氣，差點髒話就要脫口而出了。

「不能再繼續這樣下去了，再這樣下去的話會被發現的。」

心中發出了警訊。

做完彌撒出來後，有人拍了拍宰彬的肩膀，是一起上聖堂的露西亞姊姊。

「你是在祈禱什麼，這麼認真？是在祈禱世界和平嗎？」

我內心連一絲絲和平都找不到，還說什麼世界和平咧！宰彬沒有回答取而代之的是笑了笑。

「啊，對了，你跟朴勇氣是同個學校對吧？聽說他在學校前面發生了車禍？聽到消息以後嚇了好大一跳呢。」

心想是大學生的露西亞姊姊怎麼會知道朴勇氣發生意外的消息，所以愣了一下看著她，露西亞補充說道：

「勇氣的姊姊和我是高中同學啊，聽說他受傷相當嚴重，所以他的家人都很擔心，不過幸好復原得算快了。」

看來露西亞姊姊並不知道朴勇氣為什麼會受傷的細節。

「妳去過醫院探病了嗎？聽說他嚴重骨折，還好嗎？」

宰彬問，露西亞說自己沒有去醫院，只是看到朴勇氣姊姊的臉書上傳的照片而已。

「有上傳照片嗎？」

因為很好奇朴勇氣的狀態，露西亞姊姊拿出了手機，手機上顯示的臉書照片裡，只照到一條腿打著石膏的一部分，雖然無法辨別究竟是不是朴勇氣，但是打卡位置顯示在「同生醫院」，應該是朴勇氣沒錯。

聽說復原至少需要十週，是因為狀態太慘，所以才沒有上傳全身照片嗎？看到宰彬皺眉的樣子，露西亞拍拍宰彬的肩膀。

「別擔心，我也是看到石膏後很擔心，但是幸好頭和手臂沒有受傷。」

照片上只拍到了腿，正想要問怎麼會知道這些的時候，露西亞指著打著石膏腿部的左邊，似乎有個東西被拍到，但是影像顯得有些模糊。

「這個不是模型嗎？頭跟手都要沒事才有辦法組裝模型，不是嗎？」

把照片放大了來看，的確有個披著披風的模型。嗯，幸好，但是又覺得哪裡有點奇怪的感覺。

與露西亞姊姊分開走回家的路上，這才知道那奇怪的感覺究竟是怎麼一回事。老師說過朴勇氣連手指頭都骨折了，當然處於不可能組裝模型的狀態才對。紅色披風的模型，看起相當眼熟，究竟在哪裡看過呢？陷入思索之中，就在快到家時才想起來。

宰彬飛奔至大街上的一家模型店。只要到了週末，就會看到模型店裡的一側，有許多模型愛好者坐在一張大大的桌子旁，在那裡組裝模型。宰彬腦海中想起了那個孩子的身影，上次隔著模型店的玻璃窗，看到那孩子在裡面組裝著模型。雖然心想原來他有這樣的興趣啊，可是過去的記憶也只不過是模糊的印象罷了。

不知道他現在會不會在那家店裡？心急如焚地跑了過去，果然在那裡。姜宇宙！在姜宇宙的ＵＣＣ裡面曾經看過紅色披風的模型。道德老師每一班會選出三位學生的ＵＣＣ播放給大家看，當然是選擇印象深刻的作品，姜宇宙的ＵＣＣ也被選中了，是利用幾個模型拍攝了一個故事，其中一個就是披著紅色披風的模型。

叩叩，敲敲模型店的玻璃窗，姜宇宙嚇了一跳，走到店門外。

「你是不是有去朴勇氣的醫院？」

對於宰彬沒頭沒腦的問題，姜宇宙一臉態度模糊的表情，就像是在猶豫著應該要承認呢？還是要否認呢？

要避免他說謊，就必須要趁早讓他打消想說謊的念頭，於是便把在朴勇氣姊姊臉書上看到照片的事情說了出來。

「雖然去是去了，但是在入口處看到他姊姊，所以只轉交了鋼彈，因為勇氣很喜歡這個鋼彈。」

雖然去了，但是沒見到面，所以才會一臉曖昧的表情啊。那麼，宰彬拋出了第二個問題。

「你和朴勇氣很好？」

令人感到驚訝的是，在教室裡不怎麼交談、幾乎沒有互動的兩個人，竟然會是送鋼彈的關係，而且對於第二個問題，姜宇宙點了點頭。

「不久前在模型店開店紀念展覽會上，遇到了勇氣。在那之前，勇氣都是去別家他常去的店，所以完全不知道。」

意思是說他們變熟也是沒多久的事而已。即使如此，在教室裡怎麼會連眼神交會都沒有。

「只是不想在學校裡被大家發現我跟朴勇氣很好。」

不知道是因為不好意思，還是覺得抱歉，姜宇宙整張臉漲紅，原來是不想和不受歡迎的朴勇氣牽扯在一起啊，還真的有點卑鄙呢，同學！但是也非不能理解的程度，因為從來沒有誰為朴勇氣站出來過，就算在覺得很過分的那一瞬間也是。

因為覺得很抱歉，所以才轉送他那個鋼彈。真是的！又不是什麼秘密談戀愛。

姜宇宙大大的眼睛裡原來藏著這些秘密啊，突然宰彬想起了便條紙的事情。

「還有一件事想要問你，是你把紙條傳給我的嗎？」

但是姜宇宙對於這個問題卻是完全無法理解，無可奈何之下，宰彬才又問說是不是他把便條紙夾在他的科學課本裡，但是姜宇宙否認是他做的。什麼啊？原來他不是他的同盟軍？

「如果不是你的話，那天為什麼你要一直偷看我？」

在宰彬一再追問之下，姜宇宙支支吾吾的。

「因為留言板上的文章啦，雖然不知道是誰上傳的，但是我知道的消息應該有所幫助。」

比起傳紙條的事情，這更令宰彬驚訝。

「你知道之前有狗仔隊拍音樂老師照片並且上傳的事情吧？雖然照片很快就被刪掉了，不知道你還記不記得，但是那個背景是在樂天世界，音樂老師後面可以看到旋轉木馬，而且旁邊也可以看到有一個浣熊的人偶。」

但是究竟這個狗仔隊是誰，姜宇宙說他也不知道，但是他說他很確定那張照片的地點。

宰彬努力回憶著那張音樂老師的照片，根本就是白費工夫，根本就想不起來老師後方的旋轉木馬，還是有浣熊人偶，什麼也想不起來。

「等一下！如果是在樂天世界拍到的話，那麼應該會有人知道狗仔隊是誰啊，可是從來沒有誰聽說過這個消息，怎麼可能一點消息都沒有走漏呢？」

這個狗仔隊究竟是誰，自始至終消息都沒有傳出，就這樣算了。至少同班同學應該會知道，這樣的話幾天之內就會傳遍全校才對，怎麼會一點風聲都沒有呢？

「大概大部分的人都不知道音樂老師照片是在樂天世界被拍的，因為音樂老師和女朋友占了大部分，如果沒有仔細看的話，根本不會看到有旋轉木馬。就算看到了旋轉木馬，有著相同遊樂設施的遊樂園也很多，如果浣熊人偶很大的話，可能很快就會知道，但是照片裡的人偶也只露出手臂而已，大部分的人根本就不可能知道那是浣熊。」

只是看到手臂就馬上知道那是浣熊？又不是CSI，姜宇宙的真實身分究竟是什麼？雖然知道他平時是一個很謹慎的人，但是沒有一絲激動，冷靜地推敲狗仔隊的口氣，反而令人感到害怕。突然很好奇，如果他是一個人獨處的時候，又會有著怎麼樣的面貌呢？

似乎是誤會了宰彬臉上曖昧不明的表情，姜宇宙沒頭沒腦地解釋說道：

「我爸爸的炸豬排店就在樂天世界裡啊。從小就常去那邊，光看一眼就知道是在哪個場所，用哪個角度拍的了。」

如果真是這樣的話，音樂老師的照片就是在樂天世界裡拍的準沒錯了。

「還有一件事！聽說六班的鄭韓潔在樂天世界裡當義工，幫多元文化家庭的小孩們拍照。」

看來姜宇宙為了無辜被冤枉的宰彬，也用自己的方式在到處打聽的樣子。雖然便條紙不是他傳的，但是姜宇宙的確是同盟軍。

治勝

從陽臺傳來了洗衣機運轉的聲音，也聽到從廚房傳來烤肉「滋滋滋」的聲音，到了週末，平時住在宿舍的哥哥回來，家裡就會難得地充滿了各種聲音。

「賢勝、治勝吃好多呢，哎呦，光是你們兩個吃的肉到底得花多少錢啊？」

話雖然是這樣說，但是爸爸看到治勝吃得那麼香甜的模樣，心裡也很開心，雖然肚子吃得很飽了，爸爸還是叫他再多吃一口。

「賢勝啊，不能等到吃完晚餐再走嗎？」

爸爸對因為要準備考試，下午就說要回宿舍的哥哥感到有些惆悵。吃烤肉時甚至還放上了青陽辣椒，口味重辣的賢勝哥，從剛才背心就已經濕透了，全身汗流浹背，把被汗水浸濕的瀏海撥到一邊時，這才看到膚色的ＯＫ繃。

「這裡怎麼了？受傷了嗎？」

上週哥哥去了三天兩夜的研討會，爸爸之所以會這樣問，是因為擔心在那邊會不會發生什麼事情的不安感所導致的，是擔心就連模範生哥哥也會和別人揮拳相向嗎？老爸真的也太瞎操心了吧。

「其實，從研討會回來的路上發生了一點交通意外。」

哥哥說只是單純的車子碰撞，但是爸爸擔心的表情依舊絲毫沒有放鬆。

「最嚴重的朋友是手肘擦傷，脖子痠痛的程度，我只不過是銅板大小的瘀青而已。」

最後，哥哥乾脆把OK繃拆掉露出了傷口之後，爸爸才鬆了一口氣說「幸好」，喝了一口啤酒，說是為了要鎮定自己緊張的情緒。

「你們也知道爸爸抓方向盤的時候都特別謹慎小心對吧？其實是因為很久以前我從校外教學回來的路上發生了嚴重的車禍。」

爸爸把褲子捲起來，露出了大腿內側的傷疤。他說，那是高中二年級春天，他們校外教學去江原道回程路上發生的事情。那天雨淅瀝嘩啦下個不停，晚上不睡覺玩了一整夜的孩子們，在休息站吃過午餐之後，在車上都低著頭睡著了。

「當時，巴士突然打滑，覺得好像怪怪的睜開眼睛時，巴士已經滑到了道路的一邊了。」

重點在於巴士滑過去的道路旁邊是傾斜度很大的斜坡，只要稍微不小心，全部的人都會面臨失去生命的危險。班導師冷靜地打破了窗戶，要學生們一個一個逃出去，從前排的孩子開始，全都從窗戶爬了出去，可是手腳已經受傷的學生們，光靠著自己的力量是沒辦法逃出巴士的。

「爸爸也是那時候受傷的嗎？」

治勝問，爸爸回想起當時的情形，忍不住臉皺成了一團。

「本來我坐在車子的最後面，但是在車子滑滾時，向前彈了出去，猛力地撞上巴士的側面，腿因此動彈不得。其他同學紛紛往外爬出去時所帶來的每次震動，也讓巴士有一點一點向下滑動的感覺，最後，巴士裡剩下七名學生。」

原本已經逃出去的傢伙們，回來攙扶著無法移動的其他同學，也因此爸爸在其他同學幫忙之下，逃出了巴士外面。光是聽爸爸這樣說，驚險萬分的場景讓兩個孩子背脊直冒冷汗，哥哥還將汗濕的掌心在褲子上擦了擦，並且說幸好大家都平安無事逃脫出來了，但是，哥哥話一說完，爸爸的臉色變得更加嚴肅了。

「沒有全部都逃出來，我是第四個出來的，第五個同學要出來時，巴士就掉下溪谷了。掛在窗戶上的第五個同學，就靠著外面其他人拉住他的力量，才活了下來。」

雖然不是故意要學爸爸的，但是治勝的表情也和爸爸差不多，苦澀之中又帶著憂鬱……

可能是不想破壞好不容易才全家人到齊的星期天午餐氣氛，爸爸努力擠出了笑容。

「那天以後，我就有了一個座右銘，不管再怎麼可怕或危險的意外現場，絕對不可以自己先逃跑，而且最少要救五個人再逃跑。」

「只要救五個人？什麼座右銘這麼小家子氣？」

治勝有些不滿地嘟起了嘴，哥哥卻持相反意見地說：

「也許就連要做到這樣也不容易，自己的生命也同樣受到威脅的狀況下，還要再救五個人，這真的是相當了不起的座右銘啊。因為我很膽小，我只要救四個人就要逃跑。」

突然，哥哥也立下了自己的座右銘。

「要考聯考的傢伙，還這麼不會抓重點嗎？這裡的重點是在於做人不要卑鄙地只想自己逃啊。」

聽到爸爸的話，哥哥反駁著說，要救出四個人也是不卑鄙的行動啊。吃著烤肉的週末午餐時間，成了立定座右銘的時間。別卑鄙膽怯地活著，治勝把這句話連同烤肉再三咀嚼吞了下去。

吳在烈打電話過來，大呼小叫地呼喊，是在哥哥回宿舍的那一個下午。

「喂，我現在在你們社區入口，趕快下來。Y電視臺來採訪了，現在鄭惠妍正在接受訪問啊。」

沉寂了幾天，為什麼電視臺又來採訪了呢？而且如果是採訪朴勇氣事件，為什麼不是去學校，有必要跑到附近的住宅區嗎？總覺得有些不對勁。一點頭緒也沒有的治勝與吳在烈碰面了。但是當治勝到達時，不知道是不是採訪已經結束，並沒有看到鄭惠妍，只看到幾個正在收拾攝影機的電視臺工作人員。

雖然心想每次都說忙著要念書的自私鬼，真的會接受採訪嗎？但看了吳在烈用手機拍的訪問片段後，知道這是事實。

「他們問了鄭惠妍什麼？」

如果是因為朴勇氣，硬要接受採訪的話，在學校前面也可以……看著接受採訪的鄭惠妍，也覺得相當驚訝。

「因為說音響收音會有雜音，離得比較遠，所以聽不清楚他們說了些什麼，但是好像有說事件什麼的，也有提到人名的樣子。」

如果說是事件的話，真的是指朴勇氣事件嗎……吳在烈的嘴唇有些發青，雖然可能是因為衣服穿得很薄，為了看起來帥氣，他只穿了一件名牌運動衫，但是恐懼感恐怕才是更大的因素，治勝也有被逼入困境的感覺。

「怎麼辦？」

吳在烈的聲音有些顫抖，如果事情鬧大的話，不僅會讓擔任家長會長的媽媽丟臉難堪，吳在烈的媽媽還哭說如果之後得賠很多錢怎麼辦。

「你講了嗎？」

治勝到現在還沒有跟爸爸說，治勝的狀況也沒比吳在烈好到哪裡去，爸爸最近在服用精神安定劑。打掃阿姨不小心把治勝的衣服放到爸爸的衣櫃抽屜裡，為了要找那件衣服，才會發現爸爸的藥，不想讓治勝發現偷偷藏起來吃。就算說媽媽離開後，也要過著像過去一樣的生活，但是一個人離開的空位，不管用什麼也填補不了，爸爸只能靠著醫生開著的心理處方藥維持著生活。治勝怎麼忍心對這樣的爸爸說出朴勇氣事件呢。雖然爸爸說，不要卑鄙膽怯地活著……

治勝不發一語，吳在烈也跟著悶悶不樂。

「事情好像越來越一發不可收拾的樣子，乾脆去自首會不會比較好啊？」

吳在烈苦惱著哪一種方法會比較好，在事情無法挽回之前，先下手為強去自首？

治勝也無法確定這會是更好的方法，只覺得晚秋的風更加的冰冷。

寶美

為了隨時和金宰彬和許治勝保持聯絡，寶美重新下載了咖透，而後馬上就收到了張亞嵐傳來的群組加入邀請，並且加上了一句，鄭惠妍接受了Y電視臺對這件事的訪問。

電視臺訪問？什麼啊？

徐娜萊對於電視臺採訪一事根本完全不知情。

電視臺現在正調查朴勇氣事件，妳不知道嗎？

對於張亞嵐的回答完全不敢置信，又再度問道：

真的假的？

百分百真的！

但是就這樣結束了。對了，徐娜萊在討人厭投票裡寫下了金宰彬對吧？所以才會一點都不在乎啊。可是等一下，群組裡為什麼不是十五名，而是十三名呢？仔細想想當然是不會邀請鄭惠妍，但是還有一個人是誰？猜想大概是趙秀珍吧。

如果事情越鬧越大的話，就連朴勇氣的手機也會進行調查的。

上次大邱國中生事件最後不也是因為手機而全都曝光了嗎？

趙秀珍真的是瘋了，為什麼要傳給朴勇氣？

反正真的是個神經病。

接著，對於趙秀珍的控訴你一言我一語接連不斷，看著大家漸漸越寫越過分的話語，讓寶美感到很痛苦。所有女生都看到了，訊息旁邊顯示的數字很快地下降，那個數字說明了對方是否讀了自己訊息的指標，也因此如果對方對自己的訊息已讀不回的話，會有一種對方無視自己的想法，但是如果過了很久都不讀簡訊的話，又會覺得自己是個不被在乎的人，不管怎樣，都會讓人心情變得很糟，是相當狡猾奸詐的數字。現在數字快速減少，是表示所有女生都在這裡集中讀著訊息的證據。這該稱之為共犯意識嗎……

總而言之，如果在調查朴勇氣的手機簡訊，

問起為什麼要這樣說，不管怎樣都要說是開玩笑的。

張亞嵐大聲疾呼，指導行動原則，要大家口徑一致。

真的就只是鬧著玩的啊。

隨著訊息旁邊的數字迅速減少，立刻出現了點點頭的表情符號，接著在那下面也有喊著OK的表情符號。寶美忍不住心想，怎麼有辦法這麼團結一致地行動呢，從彼此志同道合這點來看，完全不亞於獨立軍⑬的義氣。突然一個可怕的念頭浮上

⑬日本占領韓國期間，為了反抗日本帝國統治，韓國人民組成了獨立軍抗日。

心頭：

「但是，妳們真的是在開玩笑的嗎？」

寶美實在好想開口發問，如果只是鬧著玩的話，有必要這麼緊張地嘰喳著嗎？雖然很想要強悍地站出來發聲，但是得罪這些孩子，終究是一點好處也沒有，所以寶美只是靜靜保持沉默。

原本一直響個不停的咖透漸漸平息下來，但是那份不舒服的情緒卻仍持續著。實在很好奇趙秀珍為什麼會做出這樣的事情，所以決定正面突破了，寶美馬上打電話給趙秀珍，說要立刻見面。

「為什麼要把咖透的內容傳給朴勇氣？聽說妳在討人厭投票時也沒投給他不是嗎？」

沒錢買漢堡吃，所以決定在便利商店門口見面，為了不浪費時間，寶美不拖泥帶水地單刀直入發問。如果是平時的趙秀珍，肯定不會矯飾直接回答，果然也是如此。

「我有三千塊，隨便買點東西，邊吃邊說吧。現在整個被罵翻了，剛好有解釋的機會也不錯！」

就像要打破女學生的食慾比男學生少的偏見的運動本部理事長一樣，擁有驚人食慾的趙秀珍，買了兩碗杯麵和一個三角飯糰，趙秀珍說是她請客的，所以多出來的飯糰她要自己吃掉，馬上拆開來吃掉了，整張嘴塞得滿滿的，不停地努力咀嚼，看她食量驚人，寶美還把一半的泡麵分給了趙秀珍。

「現在剛浮現出來的想法啦，如果這些被罵的話能夠實際感覺到飽足感的話，該有多好？這樣的話還可以減肥……」

這樣的趙秀珍，令人哭笑不得，看著忍不住苦笑出來。把咖透內容傳給朴勇氣，帶給對方傷害，然後這件事被知道了，不對，是本人自首，而遭到了其他女孩子們的排擠，怎麼能像是沒事一般，還吃得下飯？

「我知道妳在笑什麼，但是這全部都是誤會啊！我會把咖透內容傳給朴勇氣是為了要幫助他啊。說真的，朴勇氣有時候會講一些破壞氣氛掃興的話，或是表現出一副自己很有錢，很了不起的樣子，不是嗎？看著這樣的朴勇氣實在覺得很鬱悶啊，只要稍微謹慎小心就好了，為什麼會不知道呢？雖然要阻止許治勝他們的霸凌很難，但是我相信至少可以改變女孩子對他的反感印象。女孩子是這樣想你的，就注意一點吧，只是這樣單純的用意。而且朴勇氣看完心情也沒有不好，還說了謝謝。」

一如寶美所想的，趙秀珍真的是一個很直率的人，只是直接轉達給當事者的方法有些過分。雖然趙秀珍的行動的確是出自於善意，但是要把那份善意完整且不被扭曲破壞傳遞給對方，對十五歲的孩子來說，還是太困難了。

「現在其他女生好像都覺得是妳陷害她們的。」

就連解釋的機會都沒有，趙秀珍的處境真的很悽慘。

「對啊，的確有可能這樣想。這是如果不查看勇氣的手機，就會被掩沒的事情，所以一開始我也想要假裝沒這一回事。可是突然懷疑班導師口中說的第三個人會不會就是我們其中之一，既然這樣的話，與其覺得背後突然被捅一刀，倒不如先給她們準備的機會，我想這樣才是正確的，所以才會跟她們說。」

第一次看到趙秀珍臉色這麼沉重，或許是憂心忡忡自己在女孩子之間會被排擠的未來吧。她肯定也想當面向其他人解釋，但也懷疑其他人究竟會不會輕易相信她的話，畢竟團體的力量可是比想像來得強大多了。

「秀珍啊，如果是妳，就算不屬於團體的一份子，也一定還是可以過得很好。脫離雖然會有些孤獨，但是也有自由的一面啊。首先，身為被排擠的前輩給妳的建議是，不要感到不安，希望妳能夠享受這段時間。」雖然很想跟趙秀珍這麼說，但是卻說不出口，十五歲與孤獨太不相配了，寶美自己也因為短暫被排擠，而感到非常辛苦。

「可是雖然對其他人感到抱歉，但最對不起的人是勇氣啊。雖然假裝沒事，但內心肯定受傷了。」

趙秀珍整張臉籠罩在烏雲陰霾之中，當然，說話時，也拼命地把泡麵往嘴裡塞。

「可是我以後會怎麼樣呢？」

雖然面露擔憂地開口詢問，但或許內心還有些餘裕，在發問時還帶著笑意。偉大食慾的力量！難怪會有一種如果是趙秀珍的話，肯定可以撐過這個難關的想法。

意外發生後 第七天

宰彬

電視臺來採訪的消息已經在整個學校傳開了，看到Y電視臺採訪車輛的學生也很多，看來電視臺來採訪朴勇氣事件是真的了。也有人目擊鄭惠妍接受電視臺採訪，透過吳在烈拍攝的影片宰彬也看到了。可是現在又還沒確認這就是事實，為什麼大家會這樣鬧哄哄地亂成一團呢？然而宰彬其實也有種莫名的不安，一天到晚只知道忙著準備考試、讀書的鄭惠妍怎麼願意接受採訪呢？真不懂這是怎麼一回事。

期末考就近在眼前了，教室裡卻因為朴勇氣事件，顯得混亂浮動，女孩子們也不知道有什麼秘密，總是一群一群聚在一起竊竊私語，拿著手機不知道在講些什麼，肯定是有什麼事情。

「難道第三個孩子是女生？」

當班導師說有三個人的時候，還以為事情會輕鬆的迎刃而解，因為其中兩個已經擺明是誰了，以為剩下的那個人大概就是和那兩個很好的傢伙，只要那三個人去自首，事情就可以解決了，但是萬萬沒想到最後一個人，竟然會出現這麼多的候選人，更沒想到自己竟也會成為第三個人。

當其他孩子們對電視臺採訪議論紛紛時，宰彬到六班去找鄭韓潔。

「除了六班以外禁止進出，要見面的話就在走廊上！」

因為不久之前發生竊盜事件，六班嚴格禁止別班的孩子進出，所以拜託坐在後門附近的同學，幫忙叫鄭韓潔出來。鄭韓潔好像早就知道宰彬會找上門一樣，一走出教室就往走廊的角落走去，宰彬直截了當問之前在樂天世界拍照的事情。

「是因為狗仔隊的事情，所以找上門的吧？」

鄭韓潔，是你？看到驚訝到話說不完全的宰彬表情，鄭韓潔連忙搖搖頭說不是自己。

「真的不是我，我發誓！」

鄭韓潔甚至還舉起手發誓。但這樣的話，何必像是要講什麼悄悄話一樣躲到角落。

「就算你不來找我，我也想找你談談。的確，暱稱狗仔隊是我沒錯，而且音樂老師的照片也是我上傳的，但是在留言板上傳『朴勇氣事件的真相』的人，真的不是我。我連朴勇氣發生意外都不知道！」

看到宰彬一點反應都沒有，只是看著他，鄭韓潔很是鬱悶地抓了抓頭。是真心還是謊話呢？最近這幾天，實在看到太多人隱藏太深的另一面，這樣先發制人搶先告白就該相信嗎？

「看到上傳到哇啦哇啦的文章，我也是嚇了一大跳。所以我去找學生部老師，告訴他不是我上傳的。雖然老師不相信，反正如果你懷疑的話就去問問看。」

鄭韓潔一臉懇切的表情，這種程度的話，是不是該相信他說的呢？宰彬稍微動搖了。

「如果要登入網站，必須帳號、密碼都知道才行，那這又是怎麼一回事？」

「所以我才更跳腳啊，有人盜用我的帳號跟密碼。」

又不是有放錢的銀行帳戶，只不過是學校官網的帳號跟密碼，誰會去盜用？就常理上說不過去啊，原本動搖的心，又再次變得冰冷。

粗粗的鏡框加上一頭蓬亂的頭髮，鄭韓潔給人的印象並不聰明，可是意外的觀察力相當敏捷。

「其實，有一件事情讓我很在意。雖然其他人不知道，但是音樂老師知道是我上傳照片的，學生部老師說因為這是個人隱私情報，所以是很嚴重的犯罪，因此上禮拜我交了一份反省書給音樂老師。那時候在寫事件經過，便把帳號、密碼全都寫在反省文裡。那張反省書就放在音樂老師的桌上，我交反省書那一天是上週二，那天剛好你們班有兩個女生正在打掃教務處走廊。搞不好她們知道那時候有誰進了教務處？」

鄭韓潔一臉「拜託，請相信我」的誠懇眼神是如此熾熱。如果是謊言的話，應該不可能編造出這種彆腳又牽強附會的故事吧？總之決定先相信鄭韓潔所說的。

「那麼是有誰看了反省書之後，用了你的帳號和密碼上傳文章的意思囉？」

因為對自己的疑心降低，變得有些輕鬆的鄭韓潔說，就現在的狀況來看，這是最有可能的。

回到教室後，忍不住深深嘆了一口氣。

「到底是誰，費盡心思只為了把我推入陷阱裡？」

比起是「誰」，某人的那份「心」，更令人害怕。

寶美

「大叔，電視臺又來採訪了嗎？」

上學路上，寶美想或許可以知道些什麼，一問之下警衛大叔卻更是驚訝，大叔說可以用一百萬做擔保，自己真的完全不知道。

「妳說什麼？沉寂了幾天，好不容易才安心，又在哪裡採訪？不管怎樣，妳嘴巴給我閉緊一點啊。」

本來以為隨著年齡增長，活在這世界上的人，都會擁有自己生活必須的堅強武器，但是事實似乎並非如此，警衛大叔明明就是大人，卻總是想要依賴寶美。

朴勇氣事件怎麼沒有到學校採訪呢？難道不是因為朴勇氣事件嗎？那麼為什麼要訪問鄭惠妍？雖然早上想要問問鄭惠妍，可是看她一大早就一頭埋在測驗卷裡，實在開不了口。

整間教室因為電視臺採訪的事情鬧哄哄，再加上女生們因為群組的事情聚在一起，頻頻向趙秀珍發射冰冷冷的視線，寶美朝著趙秀珍舉起拳頭，做了一個加油打氣的手勢。

第三節課下課時間，徐娜萊憔悴的臉靠了過來。

「寶美，可以跟我談一下嗎？」

早上歷經警衛大叔強人所難的約定之後，寶美處於精疲力竭的狀態再加上金宰彬皺著眉頭叫寶美，跟娜萊說聲抱歉之後，就往一樓外部的洗手臺走去。到了那邊，許治勝也在，站在金宰彬旁邊，第四節課的歷史老師總是會遲到個三至五分鐘，等上課鐘聲響再出發回教室也來得及，於是金宰彬聰明地利用了這時間的優勢，集合了另外兩人。

「簡短整理一下，狗仔隊是六班的鄭韓潔。」

許治勝生氣地罵了「什麼，是那小子」打斷了金宰彬的話。

「聽我說，雖然他是狗仔隊沒錯，可是他說朴勇氣事件的文章不是他上傳的，自己看到留言板上的文章也嚇了一跳，那時候才知道朴勇氣發生意外的事。鄭韓潔也不知道這到底是怎麼回事，但是他提到一個值得懷疑的情況。」

上週二他把反省書放在音樂老師的書桌上，帳號、密碼和暱稱全都寫在反省書上，他說懷疑是不是有人看過那張反省書。聽了這番話的寶美，不知怎麼地有種熟悉的感覺湧上，還在想是怎麼回事……

「啊，對了，聽他說那天負責打掃教務處走廊是我們班的女生。你們知道是誰嗎？」

難怪。可是怎樣都說不出，那天是輪到自己和徐娜萊兩個人打掃的話。猜測那天徐娜萊急匆匆走掉，應該也是與這件事有關吧。許治勝明明也知道，但卻也什麼話都沒說。與等待回答的宰彬心意相違，第四節課的上課鐘聲響起了。

第四節課是歷史課。

「把飛機上呈給日本帝國，並且寫文章要年幼的少年們上戰場……不管以何種方式努力協助日本帝國的人，稱為親日派。親日派？我個人覺得用這個名稱來稱呼這些人實在太高尚了。這些人難道做的只是與日本友好而已嗎？不，他們以殘忍的手段鎮壓同民族的同胞，積極協助日本，並且帶頭幫助他們，這樣的行為卻只稱呼為親日派？」

原本正在說明日本帝國主義強占時期的歷史老師，暫時停下話來。從開化期開始到日本帝國強占時期，這短短的期間內發生的事件無數，要背的部分也非常多，所以歷史老師發下大約十張的講義，說是一定要背的部分，因為什麼條約，被剝奪了什麼權利，又簽了哪些條約……每當國家主權一點一滴被剝奪時，要記的內容也隨之增加。聽說前一班有個同學開玩笑地說，乾脆一次全部奪走好了，結果被老師嚴厲地訓斥了一頓，可是也由此可見這段簡直就是背誦炸彈一樣。

「失去外交權的條約是哪個？」

雖然沒人給寶美壓力要求她的成績，可是寶美卻怎樣也無法從考試的壓力中脫身，隱隱約約記得，嘴裡念念有詞，但是最終還是想不起來究竟是哪個條約，好像是某個國外都市的名字……哎呀，放棄！

但是與背誦的負擔感不同，學習日本強占時期的課程的確很有趣。像現在一樣，只是靠著網路，因為狂妄言論和受到指責的行為就會被公諸於世，而被社會「埋葬」的歷史人物也相當多。寶美每次聽到那些人的事蹟，心中就會燃起熊熊怒火，老師每次講一講都會停下，順一下呼吸，也許也是為了要撫平心中的怒火吧？

「為什麼會做出親日的行為呢？如果我們生活在那個時代的話，又會如何呢？說實話，就連老師我也不敢保證自己一定會積極地參與獨立軍的運動，我可是比外表看起來還要膽小啊。天啊，看看你們，為什麼一臉不相信啊？老師可是一個相當柔弱的女子啊。不管怎樣，相信我，仔細聽接下來的故事吧。光復之後，過了好長一段時間以後，曾經有過親日行為的某位老詩人曾經自白，沒想到日本會戰敗，以為至少會統治個上百年，聽到這樣的辯解，許多人點點頭說，的確有可能是這麼回事。哼。我不想指出老詩人愚蠢的歷史判斷，但是突然覺得這句話難道是說得通，值得讓人點頭同意的話嗎？如果日本不戰敗撤退的話，難道就可以繼續協助日本嗎？你們也這樣想嗎？換個角度思考看看。難道站在勝者這邊，不管什麼時候都是正確的嗎？我到現在還是認為，這樣的勝利至上主義仍舊破壞著我們的社會。霸凌不也是如此，只要站在多數的那邊就會安全，所以就算犧牲一個人也是逼不得已，在默認之下恣意妄為，不過也是勝利主義的另一種行為表現。」

聽了老師的話，幾個孩子深深地低下了頭，寶美也是心裡微微地刺痛著。

「怎麼了？又不是在說你們，而是在說一般現象啊。」

老師看到面前表情變得黯淡的孩子，雖然不斷附加解釋說明，卻沒能改變氣氛，因為這是二年四班正在發生的「我們」的故事。

「怎麼了？我有說錯什麼嗎？氣氛也變得太沉重了吧。反正，我相信，歷史是會往正確的方向發展，我們生活的今日也會成為往後的歷史，只要想著哪邊是正確方向，如此生活著就好了，知道嗎？」

回應老師叮嚀的聲音很小，因此顯得下課鐘聲很大聲，彷彿用原子筆筆尖不斷戳著，胸口像是針扎一般刺痛的時間好不容易結束了。

歷史會往正確方向發展！寶美偷偷瞄著徐娜萊，那張臉危險的好像戳一下，就會立刻爆炸一樣。從心證看來，徐娜萊盜用狗仔隊的帳號機率是百分之一百，但是因為沒有物證跟自白口供，所以最後下了百分之八十的結論，決定把剩下的百分之二十寄予希望。

午餐時間鐘聲響起，這次寶美起身先去找徐娜萊，接著不是帶著徐娜萊去學生餐廳，而是走到本館後面資源回收倉庫的前面。而許治勝什麼話都沒說，就像是超市裡賣的買一送一商品一樣，跟在寶美的後面。到了倉庫前，沒有洗就扔掉的寶特瓶發出了陣陣腐敗的臭味。

徐娜萊完全沒有與寶美四目相交，只是一直低著頭。

「為什麼要這樣做？想讓金宰彬吃點苦頭嗎？」

寶美不知道要說什麼才好正在猶豫不決之際，許治勝先發制人率先開口。語畢，徐娜萊突然哭了出來。好啦，這下還能聽到什麼說法……寶美瞪了許治勝一眼。

徐娜萊在討人厭投票時也投給了金宰彬，應該是有什麼理由才是。

「有金宰彬是第三個人的理由嗎？」

寶美輕輕拍著徐娜萊的背，溫柔輕聲地問道，這時徐娜萊抬起哭泣的臉。

「我也不知道事情會鬧得這麼大，只是很想要教訓一下金宰彬，所以才會這樣做。」

當然是這樣，因為不管是誰都沒辦法預測自己做的事情所帶來的影響力，所以才會犯錯，就像旁邊的許治勝一樣。寶美又問，為什麼想給金宰彬教訓，徐娜萊馬上就說出口了。

「因為UCC 影片的關係。」

金宰彬的UCC 影片？這是寶美轉學前的事情，所以沒有看過，那裡有拍到什麼嗎？但是看過影片的許治勝看來也是一點印象也沒有。

看到許治勝一臉什麼都不知道的表情，徐娜萊馬上再更加仔細地說明。

「金宰彬真的是什麼都拍，教室、走廊、運動場，幾乎我們全班同學的臉都拍到了，而且是在沒有心理準備的情況下拍攝，也拍到很多可笑滑稽的模樣，而且其中看起來最糟糕的就是我了。」

到底把徐娜萊拍成什麼樣？許治勝看起來完全不知道的模樣。

「到底是什麼？」

悶到要死的許治勝又問，徐娜萊也好沒氣地回答。

「你不記得了嗎？就是我打哈欠的模樣啊。嘴巴張得那麼大，簡直都快要看到扁桃腺了！」

徐娜萊辯解著，在課堂時間播放影片時，全部的同學都笑翻了，而且在那之後，她就被取了「哈欠女」的外號。

對照徐娜萊的憤怒，許治勝一臉竟然是為了這種芝麻蒜皮小事的表情。縱使知道徐娜萊對外貌極度在意，但是因為被取笑個幾次，就在全校師生都看得到的留言板上，誣賴金宰彬是霸凌事件的主謀，這也太過分了。

也許是看到寶美和許治勝的表情，稍微有些洩氣的徐娜萊又提出了不同的理由。

「課堂上看了影像，實在氣不過要他把那段影片刪掉，可是你知道金宰彬說了什麼嗎？影片和背景音樂都已經搭配好了，要剪掉的話，就要整個重新編輯，而且還說誰會特別注意到妳，幹嘛反應這麼誇張啊。」

並不是有誰會特別注意到自己，而是想要自己隨時隨地看起來漂漂亮亮的孩子，而且夢想還是成為萬眾矚目的模特兒。不知道其他人是怎麼想的，但是徐娜萊的確有討厭金宰彬的理由。即使是這樣，娜萊啊，這還是滿過分的啊……

可能是覺得這樣的理由還是沒辦法說服他們，徐娜萊又補充了一句。

「而且影片裡，也有拍到吳在烈在對朴勇氣施展鎖頭式。這是什麼嘛？自己隨心所欲拍完，交出去就結束了嗎？看到那影片的人，不都嘲笑朴勇氣是國家代表的窩囊廢嗎？」

所以妳上傳那篇文章是要替朴勇氣報仇嗎？話不是這樣說的嘛，明明是妳無法忍住自己的憤怒才會這樣做的。難道妳不知道自己一個微不足道的行為，會帶給他人多麼致命的後果嗎？妳是如此，我也是！原本就很瘦的徐娜萊，這幾天臉頰更是凹陷了，可以猜想她心靈上肯定飽受痛苦折磨，就算寶美什麼話都不說，徐娜萊不管怎樣也會向金宰彬吐露事實真相的。

妳們兩個自己看著辦吧，丟下一句話許治勝就走了，寶美就勾了娜萊的手臂，這是寶美和解的方法。雖然徐娜萊嘴裡說著「幹嘛這樣，討厭」，但也沒把手甩開。

「還能幹嘛？當然是一起吃飯吧。」

聽到寶美的回答，徐娜萊「切」了一聲，一臉不情願的表情。

「討厭，這幾天排擠我，都跟奇怪的孩子們湊在一起，搞得人家很混亂……」

這幾天在調查朴勇氣的事情，看來已經被幾個同學發現了，就連徐娜萊也發現了，再加上因為這調查，連上盜用帳號傳到哇啦哇啦留言板上的文章都被抓到，理所當然會對寶美感到不開心。

午餐時間只過了十五分鐘而已，肚子都快要餓扁了，為了能多吃一口，加快腳步用跑的到學生餐廳。

「妳看看這義大利麵條漲成這樣，供餐的阿姨難道不能好好把麵煮好嗎？」

滿腹牢騷拿著午餐正在找座位，寶美對徐娜萊說和趙秀珍同桌吃吧。

「張亞嵐那群人會講話的。」

徐娜萊猶豫了，因為在女生裡，張亞嵐講話特別強勢。

「三個人也是團體啊，而且趙秀珍的體格，也可以說是一個相當大的團體了。」

寶美和徐娜萊在趙秀珍面前坐了下來，和張亞嵐一起吃飯的女生們的視線，一下子朝這邊聚攏了過來。啊，臉好燙，假裝沒注意到那火辣辣的視線，吃著飯。

「尹寶美！如果因為妳害我也被排擠的話，妳可要負責。」

聽到徐娜萊嘟嘟囔囔，趙秀珍也是一臉抱歉的表情。

「歷史老師不是說過，不是多數人聚在一起就是對的，勝利的也不全都是對的。」

徐娜萊與趙秀珍，雖然結果並不好，方法也不對，但是兩個人都是以自己的方法，在為朴勇氣做了自己覺得該做的事。比起連電話也不接的寶美，要來得優秀多了。

「秀珍啊，她在講什麼啊？」

徐娜萊把義大利麵條用叉子捲起來，塞進嘴裡。寶美好久沒看到徐娜萊那鼓鼓的雙頰了。

治勝

說話的徐娜萊，臉微微顫抖著，許治勝也看過金宰彬的UCC影片，雖然如此，但對徐娜萊所說，自己張嘴打哈欠，甚至還可以看到扁桃腺的臉，怎麼想也想不起來。

下課後總看到拿著手拿鏡在照啊照的女生，拿著鏡子，不知道在嘴唇上擦了些什麼，又拿梳子梳頭髮。雖然曾想過徐娜萊真的很在乎外表，但也只僅止於此。上課時間除了發表以外，該說是一個完全不引人注目，安安靜靜躲起來的孩子嗎？就像是金宰彬說的，而且還說誰會特別注意到妳，幹嘛反應這麼誇張啊，這話完全沒錯，這有這麼傷自尊嗎？

心想「哈欠女」這個外號又怎樣，突然想起很久以前的一件事，好像是在體育課結束之後，從女子更衣室換了制服後回到教室的徐娜萊，走到掛在教室後方的鏡子前面不斷撥弄著瀏海，一下往前，一下往旁邊，似乎對因為流汗而變得濕塌散亂的瀏海很不滿意的樣子。再上兩節課就要回家了，何必這麼在意。看到徐娜萊那模樣，吳在烈手插在口袋，吊兒啷噹地晃到了徐娜萊身邊，接著把手機拿了出來。什麼？那傢伙早上沒把手機交出去？和平國中晨會時間之前，每個人都要把手機放到一個透明的塑膠盒裡，班導師在晨會時間結束後，會把收集手機的盒子帶走，放在辦公室的保管箱鎖起來，直到放學前的導師時間才會把手機還給學生。而這所有的過程全都是自發性的，因為這裡是和平國中，如果是上課時間被發現攜帶手機的話，手機就會被強制保管一個月，也因為有著這樣嚴格規定，所以所有學生都會「自發性」地交出手機。

吳在烈走到徐娜萊的身邊悄悄地對她說：

「徐娜萊，妳知道我手機裡有什麼嗎？妳知道上次ＵＣＣ影片吧？我有那影片的截圖，只要給我一千塊，我就把截圖刪掉。怎樣，很便宜吧？」

吳在烈一面說，還一面張大了嘴，做出相當可笑的表情，並且用手指指著自己的臉，意思是說這個表情吧？看到那樣子實在太好笑，在一旁的治勝也呵呵笑了出來。雖然有點討厭，但也只不過是開玩笑而已，可是原本向著鏡子的臉轉了過來，徐娜萊淚眼欲滴的雙眼惡狠狠瞪著吳在烈，接著瞬間搶走了手機，用力摔到了地上。

「妳瘋了嗎？」

吳在烈就像是要揍徐娜萊一般，高舉緊握的拳頭。因為吳在烈大吼的聲音與行動，全教室所有的目光都集中在他們兩人身上。就在那個時候。

「你們在搞什麼啊？吳在烈，你怎麼沒交出手機？還有，徐娜萊，妳為什麼要摔別人的手機？」

班長金宰彬出現了，站在兩個人之間，金宰彬一過來，吳在烈就放下了拳頭。乍看在危險狀況下，突然登場的金宰彬像解救了徐娜萊一樣，但是事實並非如此，因為吳在烈也知道打女生，肯定會召來閒言閒語不會有什麼好下場，所以也沒有真的要打人的意思。吳在烈無視徐娜萊，轉身撿起躺在地上的手機，幸好有手機殼的保護，手機一點事也沒有。

「吳在烈，把手機電池拔掉，放到書包裡。」

言下之意是要他別在課堂上被抓到。吳在烈向金宰彬表示OK後，金宰彬也回到自己的座位上，狀況排除。可是，徐娜萊仍然站在鏡子前面，站在那邊繼續瞪著金宰彬，不是吳在烈，是金宰彬。

「要不然她還以為金宰彬會站在自己這邊嗎？幹嘛瞪他？」

在治勝看來，金宰彬指責吳在烈和徐娜萊的程度都一樣，即使沒有站在任何人那邊，徐娜萊怨恨的對象，不是揮著拳頭打算要打自己的吳在烈，而是金宰彬，那時，徐娜萊把所有的原因都歸咎到UCC影片了，所以對金宰彬也是積怨已久，且怨恨頗深的啊。

那天回家路上，治勝問吳在烈是不是真的有影片的截圖。

「今天去廁所想要一邊上大號，一邊玩電動，所以把手機也帶去了，結果回來時手機保管盒已經不在了，所以才沒交出去，其他的日子手機都有交出去，當然不可能有截圖啦。」

什麼都沒有還敢這樣開玩笑？該說他真有一套呢？還是應該說真恐怖呢？突然兩種情緒同時湧了上來，不對，覺得可怕的情緒更大一些。一股寒意湧上，忍不住伸手摸了摸脖子後方。

在金宰彬拍攝的影片中，真的出現了許多人的面孔，沒有主角、配角之分，許多孩子都短暫地露臉登場。即使如此，但對治勝來說，這部片的主角只有一個人，那就是「Real國中生生活」的悲劇主人翁——朴勇氣。被吳在烈施展了鎖頭式時，朴勇氣因痛苦而扭曲的臉，雖然嘴巴張開著，那一看就是張皺著眉頭的臉。雖然搭配著輕快的背景音樂，但這不是開玩笑的。每當這種時候吳在烈總在旁邊一起笑著，相信朴勇氣應該也認為是開玩笑的，但是從另一個角度來看，這是暴力。就到此為止，必須要停止這樣的行為，治勝第一次下定決心的瞬間。

「喂，你小力一點！」

在那之後，每次吳在烈又要施展鎖頭式時，治勝總會這樣說。

「幹嘛這樣，現在才要開始變得好玩耶，怎麼了？你害怕了？」

吳在烈有些挑釁的語氣，雖然對方是自己一拳就可以撂倒的吳在烈，但是治勝討厭被小看，所以就隨便他了。

「誰怕了？隨便弄一下，就叫他買飲料回來。」

每次都是這樣帶過，金宰彬拍攝的影片，的確是「Real國中生生活」沒錯，而被吳在烈施展鎖頭式的朴勇氣也的確成了國家代表窩囊廢。國家代表窩囊廢是張亞嵐取的嗎？

從資源回收倉庫轉身走出來時，金宰彬站在那裡。他有聽到我們的對話嗎？距離有點遠，要聽清楚好像有點難，但是金宰彬的臉看起來很緊繃僵硬，好像一碰就會破碎，尷尬而全身僵直地站在那裡。原來全都聽到了啊……

宰彬

「既然已經查明了不是你，就算了吧。就跟你之前說得一樣，當作是踩到大便好了。」

許治勝說去吃飯吧，要把宰彬拉到學生餐廳，但是宰彬甩開他的手回到了教室。在完全不知道狗仔隊存在的時候，宰彬曾經想或許是李英燦上傳文章也說不定，身為最有可能的第三個人，李英燦為了要擺脫自己最大的嫌疑，的確有可能這麼做，但是沒想到徐娜萊的粉墨登場，可以說是超越了反轉，給宰彬帶來了巨大衝擊。

剛才聽到打掃教務處走廊的事之後，他們兩個人的表情就變得很奇怪，心裡猜想他們果然知道些什麼。午餐時間不去學生餐廳，看起來要去別的地方，於是決定跟在後面，沒想到徐娜萊竟然也在那裡。

徐娜萊？才正在想為什麼她會在那裡，結果竟然是因為UCC影片。雖然聽不太清楚對話內容，但是清清楚楚聽到UCC三個字了。道德課的實作評價作業製作UCC影片，大部分的同學都做得很糟糕。滿分十分，老師說只要有交作業就給五分，可是拍攝跟編輯影片本來就會花很多時間，但是都覺得與其花時間隨便製作影片，倒不如在筆試上多答對一道題目還比較划算。雖然大家都這樣想，但是宰彬因為可以不必讀書，而是光明正大投入在別的事情上，所以在拍攝與製作影片期間，相當享受整個過程。因此別的孩子只交了一分鐘左右的作品，而他卻拍了比其他人都還要長的六分鐘影片。

「為了要讓你們拍攝，校長還特別准許讓大家可以持有手機一個禮拜，可是你們……唉，我還寄望什麼呢？看過你們拍的UCC後，我才明白這世界上不只是有彆腳演技，也有彆腳拍攝啊。你們根本就只是抱著拿五分就好的想法在敷衍了事，想靠筆試來一決勝負是吧？不過，就算這樣，你們班還是有三部值得一看的影片，尤其是金宰彬，不管內容或是影片長度都非常好。」

不僅道德老師稱讚，同學們的反應也滿不錯的，同學們一面看影片，一面發出「哇」的歡呼聲，也會發出「唔……」的揶揄聲。孩子們在洗手臺邊互相潑水嬉鬧著、一邊打掃，一邊推著拖把在走廊上奔馳著、墊著腳尖偷看別班、把午餐一口氣全都塞進嘴裡，兩頰就像是快要爆炸似的……真實呈現國中生學校生活的目的，在某種程度上來說算是達到了。影片中的背景音樂是披頭四的“Ob la di ob la da”，用奈及利亞部落族語來說，就是「人生就是這樣繼續下去的」，意思與旋律都與拍攝內容相當搭配，因為「中二」的生活就是這樣繼續下去的。

UCC影片一結束，馬上響起熱烈掌聲。

「影片和音樂怎麼能配合得這麼絕妙啊？我在想要把這個作品和其他幾個作品報名大會比賽。」

雖然本來就有預料到會獲得稱讚，但是沒想到會被拿去參加比賽。第一次贏了讀書機器鄭惠妍，讓宰彬有些洋洋得意。

但是道德課結束後，徐娜萊走了過來。

「不知道為什麼只把我拍成那樣，難道不能把剛才我出現的部分剪掉嗎？」

雖然徐娜萊的語氣聽起來相當冷靜，但是可以從顫抖的臉頰看出現在心情相當激動。影片中有著徐娜萊打哈欠的模樣，拍攝本來就很無聊的學校生活，需要來點有趣的元素，所以特寫對著扯開大嘴打哈欠的徐娜萊，以及就算長了針眼，也要以「暴風吸入」式席捲午餐的李英燦，為了要看起來更加戲劇化，還故意稍微加工編輯。孩子們看到這兩個場面也都笑到趴在桌上，正是如此，更不可能刪掉這個片段。

「不好意思，影片長度跟背景音樂都是已經搭配好了，所以沒辦法刪除。」

那句話的確是事實，因為製作UCC影片已經花了太多時間，現在開始得要準備期中考才行，而且如果參加比賽得獎的話，或許對申請特殊目的高中會有幫助，所以沒辦法讓步。即使如此，徐娜萊還是來找宰彬好幾次，要他刪除影片。每當這種時候看到徐娜萊，宰彬就覺得徐娜萊似乎有著很強烈的錯覺，以為自己是什麼重要的人物，哪有誰會這麼注意看她啊……決定得要讓她清醒一點，所以也曾對她說過「妳真的沒什麼好看的」這種冷靜，不，是惡劣的話。宰彬並不是因為討厭徐娜萊，而是討厭所有會妨礙自己目標的人事物。

在徐娜萊心中撒下怨恨種子的，就是宰彬自己，但是怎麼有辦法長時間以來，一直狠狠地討厭著一個人呢？

幸彬突然覺得徐娜萊的模樣並不陌生，討厭、埋怨、咒罵著某人……不就是自己嗎？蒙上棉被大罵髒話，沒有特定目標，對任何人都破口大罵，自己其實和徐娜萊沒什麼不同。自己從來沒有站在別人立場想過，一直以來總覺得只有自己吃虧，也只看到自己的損失，羞愧地無地自容，臉頰火紅地發燙。沒關係，沒有人知道，用冰冷的手摸著發燙的臉頰，讓發燙的臉稍微降溫。可是，沒被發現就沒關係嗎？幸彬無法回答這個問題。

不知道許治勝什麼時候從便利商店回來的，把一個三角飯糰推了過來。

「吃吧。」

雖然不是溫和的輕聲細語，但是已經感受到那份心意，即使幸彬內心很感謝，但是一點胃口也沒有，於是把飯糰放進了書包。

吃完午餐回到教室的孩子們，更加吵鬧喧嘩著。

「欸，有沒有人自首？還沒的話，就快點去自首，別讓人感到怪不安的。」

宋智萬不顧他人感受脫口而出這沒禮貌的言論。

「要不然你去自首啊？」

當張亞嵐尖銳地回嘴時，原來還想說些什麼的宋智萬遲疑了。

「別這樣嘛，難道不能讓原本就該自首的三個人去嗎？」

李英燦吞吞吐吐地小聲嘟囔著，其他人的目光偷偷望向許治勝與吳在烈，也有一些人往宰彬看去。

「哪來的原本三個人？難道你覺得你不是其中之一？要不要講講簽帳卡的事啊？」

惱怒的吳在烈一提到簽帳卡的事情，李英燦就閉上了嘴巴。如果就此打住就好了，可是不會察言觀色的宋智萬，在最後又多嘴了一句。

「我也希望那三個人去自首就好了，金宰彬是班長，難道不能代表去自首嗎？雖然這樣很抱歉，那我們捐點錢給他，怎麼樣？」

當那句「怎麼樣」說出口的同時，許治勝一把抓起宋智萬的領子。

「原本就在猶豫要不要自首，但因為像你這樣的傢伙，就不想去。乾脆我們全部都去接受團體心理輔導好了，這樣的話，在那邊就會知道誰是真正的犯人了。」

語畢，許治勝像是用丟的一樣，用力摔開了宋智萬的領子，便往教室外面走了出去。宰彬想，原來許治勝也火大了啊，因為宰彬也覺得他們真的太過分了。

宋智萬雖然嘴裡逞強說這傢伙幹嘛這樣，但那已經是丟臉過後的事了，張亞嵐逮住了機會，趁機挖苦諷刺。

「連動都不敢動，還敢嘴硬造次。」

「妳以為妳就沒事嗎？咖透的主嫌不就是妳嗎？妳也不相上下吧，因為證據資料相當明確。」

看來宋智萬也知道女生在咖透舉辦討人厭投票的事。宋智萬一說完，張亞嵐就氣呼呼地咬著自己的下唇。不只宋智萬和張亞嵐兩人神經敏感緊繃，其他人兇狠地看著他們兩人的目光也是一樣。

事件是在第六節體育課時發生的。期末考近在眼前，體育老師讓大家自由運動，言下之意就是拿書出來背也可以，之後就進了體育室。想要享受一下體育時間的孩子們就拿出足球，開始在操場上奔馳，主要是男孩子們。相反的，女孩子們則是坐在單槓附近的長椅上，拿著歷史或是工藝、家政的講義嘴裡喃喃背誦著。

鄭惠妍若無旁人一般周圍景致完全沒有進入眼簾，眉頭緊蹙拿著歷史講義心無旁騖專注地背著，一副就算明天地球就要毀滅了，也得把這張講義都背完的氣勢。講義的份量相當多，難道已經背很多了嗎？幸彬悄悄靠近一看，已經是最後一張講義了，而且還是遮住一半講義在背的狀態，已經是全都背起來正在重複背誦。自己果然不是她的對手，湧上了一股怯懦之感，但另一方面，就因為這樣，鄭惠妍才會被戲稱為讀書機器，宰彬為她感到有些難過。

這可以說是在鐘路被賞耳光，卻在漢江發洩怒火⑭嗎？張亞嵐把從宋智萬那受的氣，朝著無辜的鄭惠妍發洩怒火。

「看來惠妍還是讀得下去呢，抗日獨立運動的部分全都背完了？那部分還包括了親日派的部分，要背可不是那麼容易呢……」

坐在長椅上的鄭惠妍抬起頭來，問她這話是什麼意思。

「沒什麼！只是覺得也不像別人的事，心裡應該也很不舒服吧……」

任誰聽了都覺得話中有刺。感覺事態非比尋常的鄭惠妍放下講義站了起來，走到張亞嵐面前。

「用人聽得懂的話說說看，為什麼覺得我心裡不舒服？」

其他人漸漸聚集在兩人周圍旁觀，但是誰也沒有站出來勸阻，宰彬也很好奇鄭

⑭韓國俗諺，鐘路是首爾的中心地帶，在過去交通不便的時代，從鐘路走到漢江距離有些遙遠。在鐘路被賞巴掌受的氣，卻一直走到漢江才發洩怒火，受氣的人在當場無法直接反擊，而將怒火發洩在其他地方、其他人身上，有遷怒之意。

惠妍到底在接受採訪時說了什麼。明知道這樣很庸俗，但也沒有辦法。

「聽說妳昨天接受關於朴勇氣事件的採訪？」

鄭惠妍聳了聳肩，那聳肩的動作是表示太荒唐了嗎？

「不知道？看到妳接受採訪的人很多，所以不要說妳不知道。是啊，大家都希望不管是誰，趕快去自首吧，也沒人想接受團體心理輔導，這些我都能理解。所以妳就在記者面前出賣朋友的名字嗎？連我的名字都說了？」

本來還以為會出現臉發燙所以用手搧風的動作，又或像是「妳瘋啦」，用食指在太陽穴旁邊繞轉的姿勢，但是鄭惠妍卻靜靜地什麼動作也沒有，取而代之的是默默流下眼淚。

「昨天是在電視臺工作的堂姊拜託之下才接受採訪的，與朴勇氣事件無關，是關於市民對於公告性侵害犯罪者身分資料的意見。接受訪問時，我說知道我們社區裡有性侵犯，也贊成這個制度。難道這樣我也跟親日派一樣嗎？」

鄭惠妍滿臉是淚，不停滑落，曾被戲稱戳一下，就會流出冰水的鄭惠妍正在哭泣。完全搞烏龍的張亞嵐整張臉漲紅，不知所措。

「喂，體育老師來了，快點整理一下。」

負責把風的孩子慌張地喊叫，趙秀珍一把抱住了鄭惠妍，但是她的淚水仍舊止不住。

體育老師來之前，必須要排隊站好，最後每次都要做完熱身操才能下課。現在雖然有幾個人圍在一起，但是如果排成體操隊形的話，要發現正在哭的鄭惠妍也只是時間問題。

「在幹嘛，快排成體操隊形！」

一、二、三、四，一邊說，一邊拉開間距排成體操隊形。男生、女生各一半，宰彬站在後排，所以沒看到鄭惠妍。

「等等，鄭惠妍妳眼睛為什麼這麼紅？」

觀察力很好的體育老師馬上就發現了。

「換季期我有過敏，眼睛癢揉眼睛才會這樣吧。」

鄭惠妍的聲音跟平時沒有什麼不同，所以體育老師也只是要她小心點，沒有繼續追究。

一、二、三、四，二、二、三、四！揮動手臂，轉轉腳踝，做做體操，什麼事都沒有，至少在體育老師面前是這樣，和平國中的和平被守護地非常好。

寶美

鄭惠妍和平時完全一模一樣，真不敢相信剛才她哭過。本來想一拳撂倒鄭惠妍，沒想到反而中了一記回馬槍的張亞嵐表情更是值得一看，一臉羞愧到無地自容，抱歉的緊繃表情。

原本絮絮叨叨地叮嚀大家「好好準備期末考」、「把可以回收的垃圾做好分類再丟」等等注意事項的班導師，雙手握住講桌。

「到現在還是沒有人來自首，應該知道明天是最後一天吧？希望好好思考後，覺得自己有欺負朴勇氣的三個人一定要來自首。」

班導師眼神端詳著所有的孩子後，離開了教室。

雖然聚集在一起並不能解決問題，可是儘管如此事情總還是得做個結束，所以寶美傳了咖透簡訊。

等一下秘密花園見。

金宰彬和許治勝兩人一臉沮喪的出現，如果看著這兩個傢伙的臉做氣象預報的話，下雨機率約百分之八十。看到被煩惱壓得喘不過氣的兩個傢伙，寶美心想為了「國中生和平」，是不是該來場繞塔祭祈福一下。

「我會去自首。」

金宰彬率先發表了爆炸式宣言，一副馬上就要去找班導師的氣勢，寶美抓住他的手阻止他。

「最終是我撒下的種子啊。」

宰彬眼神有些閃避寶美，他不想因此改變自己的決心。

「一起去。」

就連許治勝也一臉悲壯。喂，這氣氛是怎麼回事？現在該說是剛結束出征儀式的獨立軍模樣？還是該說是要踏上噴發著陣陣白煙準備出發去滿洲國的蒸汽火車前，下定決心的模樣呢？

就算兩個孩子都去自首也沒關係，但是至少先想好什麼對策，再自首也不遲啊，心急如焚的寶美張開雙臂阻攔兩人。

「等等，期限到明天為止，不用現在立刻去也可以嘛。而且在那之前，我也有話要說。」

心想到底還有什麼事比自首更重要，兩個孩子的視線全都望向寶美。寶美看著兩個孩子，鎮定那急促跳動不已的心。

三個人在一起合作，但是最終什麼也沒解決。知道李英燦、張亞嵐、宋智萬等人是第三個人的最有力候選人，也算是有點收穫吧？問題是這三個人中，沒有任何一個人願意自首。不管怎樣，到了明天不管什麼方法，事情終究會產生結局，所以寶美覺得現在是說說自己的事的最佳時機。

「意外發生之前，朴勇氣最後撥打電話的人，是我。」

這又是什麼意思，許治勝看著寶美，寶美向他們坦承，那天去眼科回來的時候，朴勇氣打了兩通電話給她，但寶美都拒接。

「如果我幫他買麵包回來的話，或是跟他說警衛大叔不在警衛室，他也不用翻牆，那麼意外就不會發生。」

下定決心要坦蕩地說出這一切，但是雙眼淚水湧上，金宰彬、許治勝的臉看起來模糊不清。

無法阻止說要自首的兩個傢伙，更不可能只阻止其中一個傢伙，說「不是你」，結果什麼結論都沒有，寶美垂頭喪氣地走出學校。以秋天百分之六十，冬天百分之四十的比例，兩個季節混合在一起的冷風吹了過來。太陽西下，許治勝大塊頭的身影被拉得長長的，一直延伸到寶美的腳尖。

過了馬路之後，經過了便利商店，工讀生哥哥急急忙忙地跑了出來，叫住寶美。

「同學，不久前她來過，之前提到的夜間工讀姊姊來玩，剛好她出現了，是叫勇氣吧，和那個出車禍的孩子晚上一起來的那個女生！剛走出便利商店，往那個方向走去了，快點去看看。」

不分快慢三個人立刻朝著工讀生哥哥指的方向拔腿跑了過去，聽到後方傳來的聲音。

「啊，對了，不是和平國中的制服，是別的學校的制服！」

這是什麼意思？反正先跑再說，三人跑得氣喘吁吁，穿其他學校的制服是吧？越過穿著和平國中制服一個、兩個、三個之後，看到一個顯眼的制服女學生背影。

身體輕盈跑在最前面的金宰彬，拍了拍背在女學生肩上的背包，並且說「不好意思，有點事想請問……」是金珍熙，因為校外吸菸被強制轉學的人。金珍熙有些驚訝，一頭霧水地打了招呼。

「好久不見，有什麼事啊？」

金珍熙輪流看著三個人。雖然金宰彬和許治勝驚訝地閉上嘴巴，寶美覺得不管怎樣還是得問個清楚才甘心，帶頭跳了出來。

「妳跟朴勇氣很好嗎？」

雖然寶美沒頭沒腦地發問，金珍熙卻一點也不猶豫，爽快地承認了，嗯！

四個人坐在便利商店前的大遮陽傘下。就連風都涼颼颼的午後，彷彿與敵國首腦會談一樣，大家一臉緊張。第一次拋下補習班的金宰彬雖然看起來有點焦躁，但他說不去的意志相當明確。本來就很意外的人物，不知道要從何問起，但是金珍熙先開了口。

「勇氣已經好多了，下週的話應該可以出院，雖然短時間內應該不會去學校。」

雖然這的確是個好消息，但大家好奇的並不是這個。

「有點嚇一跳，因為妳說跟朴勇氣很好。」

雖然是陳述句，但對於口才不佳的許治勝來說，這句話其實就是疑問句，是怎麼和朴勇氣變熟的？

「一開始我和勇氣也不熟，轉學以後，一開始也很難認識新朋友嘛。既沒朋友又很孤單的時候，偶然在便利商店裡遇到勇氣。你們也知道我被抓到抽菸吧？因為好奇心跟著朋友抽，就抽那麼一次，就那麼倒霉被抓到。我跟勇氣說這件事，他也真心和我一起感到傷心。我其實有點驚訝，因為我以前在和平國中時，也覺得這個人不怎麼樣。轉學後在新學校裡，沒有可以分享心事的朋友，所以看到勇氣打從心裡更開心吧。所以之後偶爾也會見面聊天，後來就慢慢變熟。」

雖然以為被霸凌很可憐的朴勇氣，但是其實有屬於自己的幸福，因為有著這樣珍惜自己的朋友。

雖然可以理解金珍熙的話，但是基於想要更加確定狀況的心情，於是寶美問道：

「那麼妳是朴勇氣的女朋友嗎？」

問兩人熟不熟的時候，爽快承認的金珍熙，此時說絕對不是，還用手臂交叉比出了一個X。

「我最討厭不會察言觀色的男生了！他不就是那類型嗎？我跟勇氣就只是好朋友。」

金珍熙對朴勇氣的評價相當冷靜。

雖然原本好奇的女朋友身分被揭曉了，但是對尋找出第三個人並沒有多大的幫助。就在大家準備起身的時候，金珍熙對許治勝說：

「你去探探病吧，你去的話他會很高興的。勇氣小學時，和一個叫俊謀的同學一起欺負你吧？那時候叫俊謀的人好像很可怕，在治勝你轉到別的學校以後，他就像是等待很久的樣子，開始欺負勇氣，私下勒索敲詐、毆打勇氣。你看勇氣的手臂的話，還可以看到被菸頭燙的痕跡，聽說也是俊謀做的。反正他說因為自己被這麼惡狠狠地折磨，所以才會想起你，因為以前的事情，對你覺得很抱歉。就算你欺負他，也全都逆來順受，就是因為這個理由，所以你就原諒他吧。」

即使在金珍熙走了之後，也沒有人離開，就只是靜靜地看著斑馬線。涼颼颼的冷風毫不留情地吹著，在三人之間穿梭。

治勝

因為朴勇氣，學校就像是地獄。有時候把鞋袋泡在水裡，害得治勝得穿室內鞋回家，有時候甚至還要幫崔俊謀寫補習班作業，但是最令治勝痛苦的是朴勇氣的威脅。

「你媽媽外遇，所以離開家裡了吧？這個連俊謀也不知道，只要我跟俊謀說一句的話，消息就會馬上傳遍全校了吧。」

朴勇氣是崔俊謀最忠實的部下，只要叫他做什麼都會去做，即使如此，最後仍然還是逃不過崔俊謀的魔掌。

離婚之後，父親決定搬家，如果轉到隔壁的學校，跟朴勇氣的緣分大概就會永遠結束了吧，可是兩人都就讀和平國中，甚至還被分到同一班。

「這傢伙死定了！」

下定決心絕不會輕易放過他，以前朴勇氣曾做過的事情，吳在烈不用特別吩咐就做得很好，借錢、麵包 shuttle、動不動就又推又敲他的頭、罵也罵了……但是不知道為什麼，治勝仍覺得不滿足，就算明目張膽地嘲弄他是神經病傢伙，聽到治勝嘲弄的話語也只是嘻嘻笑。一邊嘴裡喊痛，卻也不打算從施展鎖頭式的吳在烈手臂上脫逃。實在很好奇朴勇氣以前的霸氣到底都到哪裡去了，怎麼會變成這樣，怎麼一點都不反抗。

「這麼弱小的傢伙，以前竟然敢動我？」

有時候也會在從朴勇氣身上看到自己以前的模樣，這種時候內心就會很難受，但是覺得自己有資格欺負朴勇氣。

「喂，王子，買五杯飲料回來吧。」

不知不覺在某個瞬間開始，竟然連李英燦和宋智萬那些傢伙也開始吃定朴勇氣了。搞什麼啊，那些傢伙？只有治勝才有欺負朴勇氣的資格，所以經常看「暴走」的那幾個孩子不順眼。

「朴勇氣也算是已經狠狠地撈了一大票了，現在該慢慢換別人了吧。」

雖然也曾經向他們建議過，但是吳在烈和李英燦全都一副興趣缺缺。

「不管怎麼想都沒有這種金主啊，可是你為什麼突然這樣？該不會是害怕朴勇氣跟班導師告狀吧？」

吳在烈用這種方式挑釁，加上李英燦也在旁邊火上加油地幫腔。

「所以更應該要讓他不敢東想西想，得要更確實地掌握他才對啊，難道不是嗎？」

因為兩人都這樣說，治勝也不得不退縮了，而且也不喜歡只有自己先脫離那些原本跟在自己後面，對自己唯命是從的孩子群，雖然很卑鄙，但是治勝還是順從了其他孩子的話。

「那你們自己看著辦吧。」

就這樣，朴勇氣就繼續扮演著他們口中「王子」的角色。

霸凌遊戲，是孩子們獨有的權力遊戲。用成績來當孩子的分類，只是對少數孩子有利的規則，而孩子們需要另外的規則，於是有了霸凌遊戲，誰都可以是勝者的一個遊戲，當然，進攻權也可能在一瞬間就被對方搶走，是一個相當可怕的遊戲。

治勝從勇氣那搶走了進攻權，雖然欺負霸凌的時間，比起自己曾經被霸凌的時間還要更長，比起自己曾經遭遇過的份量更是加倍奉還，但是不知道為什麼治勝卻還是不開心。雖然擁有了進攻權，卻開心不起來，也漸漸對這個遊戲感到厭煩。

在午休時間就快結束，看著在沒剩多久的時間下卻去當麵包 shuttle 的朴勇氣，治勝也覺得不能再這樣下去了，但是一如既往，命運總是毫無預告地突然降臨，就在那個時間，朴勇氣被貨車撞到，身體向空中彈飛，卻對治勝的真實心情全然無知……

太卑鄙了！治勝比起任何時候都還要更加冷靜地回想自己的所作所為。

「我要自首，不管你要不要都沒關係，而且要把過去怎麼對待朴勇氣的事情全部都跟班導說，可能也會說到你，所以先跟你說一聲。」

打電話給吳在烈，告訴他自己的立場。

「媽的，你跟老師說的話，不就全都曝光了，我怎麼可能什麼都不做？」

媽的，因為媽媽，絕對不行啊……如果要付和解金怎麼辦……吳在烈連電話都沒掛就在那邊自言自語地嘟嘟囔囔，最後整頓了心情。

「我也去！反正腦子煩到快要爆炸了，現在乾脆一了百了。明天就去自首，再到醫院跟朴勇氣拼死拼活地向他道歉求饒。或許說不定拼命求他的話，就不會提起和解金的事情，然後就放我們一馬，再不然，和解金也可能算便宜一點。」

真是一個膚淺的人，腦子裡打算盤的聲音全都聽到了。可是，真的要去醫院求饒嗎？不過，不管用什麼方法，總是要和朴勇氣解開這個結才行。

「可是只有你和我兩個人去自首嗎？金宰彬和尹寶美這幾天好像都在調查什麼，沒有查出是誰嗎？應該不像留言板上文章說的是金宰彬。」

雖然徐娜萊指認犯人是金宰彬，但是有像李英燦、張亞嵐這些不容小覷的孩子在，金宰彬沒必要非得站出來不可啊。

「金宰彬說要自首，但是會有用嗎？」

「哇賽！班長說要負責任嗎？這小心眼的傢伙是怎麼回事啊？」

許治勝不管怎麼想都覺得應該是李英燦才對。

「你去說服英燦看看，因為不是金宰彬。」

但是吳在烈卻不認同治勝的話，並且打斷他。

「喂，金宰彬的話才好啊，這樣對我們才有利啊。金宰彬是誰啊？不就是我們學校和鄭惠妍一起，最有希望上特殊目的高中的孩子嗎？學校會對這樣的孩子進行懲處嗎？這樣我們不就可以順便逃過一劫，懂嗎？」

吳在烈對於現實盤算相當迅速。難道自己又得做出卑怯的行為嗎……治勝用力地搖搖頭。

D-Day

宰彬

沒有出現戲劇化的反轉，留言板上提到的三個人聚集在二年四班的走廊上。宰彬想了一下，即將發動義舉的獨立軍們，他們的心情是否也如此悲壯呢？宰彬站在中間，右邊的孩子憂鬱沉默，左邊的孩子害怕地直發抖。

右邊的治勝開口說：

「不管怎麼想都不關宰彬的事，你別去。」

「他自己都說要去了，幹嘛這樣？」

吳在烈急跳腳並且握住了宰彬的手。這是比起兩個人，三個人更可靠的意思嗎？

「比你過分的人還多的是，硬來自首的理由是什麼？而且不是聽說你明年要出來選學生會長嗎？」

媽媽只要自己一天沒去補習班，就擔心得像是天要垮下來般，所以到現在為止，關於朴勇氣事件，宰彬一句話也沒向媽媽提過。不管是競選學生會長，又或是申請特殊目的高中入學，宰彬也都很擔心，但是宰彬想要負起責任，想要懲罰在別人面前不敢理直氣壯把話說出口，總是偷偷躲起來口吐穢言的自己。

「走吧！」

往教務處走去的路上，原本緊張又忐忑不安的吳在烈，現在卻像個保鑣一樣，緊緊跟在宰彬身邊，許治勝也跟了過來。在西洋電影中，常會看到三個男子邁開步伐，相當帥氣的模樣做為電影的結尾畫面，但是現在三人神情沮喪地走向教務處，模樣看起來相當憔悴。

雖然已經下定決心要揭發一切，但是腳步卻是無限沉重。喔？教務處的走廊上本來就有這麼多照片嗎？真新奇。經過了自斷無名指立下同盟誓約的安重根醫生⑮照片，那麼我們得要截斷什麼來締結盟約呢？吳在烈的自然捲頭髮很長，宰彬還苦惱了一下是不是該斷髮結盟。在經過曾說過「和平就是最大的武器」的曼德拉照片時，想起也曾抱怨過，如果被抓到校園暴力的話，就會遭到集體體罰，因此在和平

⑮安重根醫生是韓國抗日獨立運動中相當知名人物，因暗殺伊藤博文成功受到韓國人民尊重。

國中，「和平」在另外一種意義上的確成為了武器。看著因為有著優秀老師克服多重障礙的海倫凱勒照片，想到那些夢想能進外語高中的孩子，卻向說著一口「花特啊優嘟印」發音爛透，爺爺級的英文老師學習英文，看到海倫凱勒會覺得她運氣真好而羨慕不已吧，想著想著已經走到教務處走廊的最末端，駐足在柳寬順[16]姊姊的照片前面。站在有班導師辦公桌的教務處門前，突然很好奇這些照片排列的原則是什麼，這完全不考慮東、西方，也不分男與女及時代背景的混沌式排列。雖然你們這樣雜亂無章地聚集在這裡，但也要傳遞和平生活的訊息嗎？

可能是因為恐懼，宰彬腦子裡充滿了平時不曾出現過的雜念。雖然坦坦蕩蕩地來到了，但卻在打開教務處門之前，三人都停了下來。

「金宰彬，你不是班長嗎？你打頭陣。」

開口的吳在烈嘴唇顫抖著。雖然班導師承諾如果自首的話，就不會送交校園霸凌委員會，但是這件事情光靠班導師一人之力，究竟是否可行呢？宰彬也不是不了解吳在烈的不安。

此時，許治勝「叩叩」敲了門走進了教務處，宰彬和吳在烈也跟在他的後面一

[16] 參與三一獨立運動，被逮捕後經嚴刑拷打及營養失調而死，得年十八歲。

起進去了。原本坐在自己位置上的班導師什麼話也沒問，就將三人帶到教務處有屏風遮掩的一處。看著班導師粗粗的眼線一動也不動，難道她本來就知道三個人會來嗎？最終我們三個人才是正確解答嗎？原本以為班導師會問「你為什麼來了？」的宰彬，期待卻狠狠被戳破了。

「我們是來自首的。」

雖然被許治勝搶先進來的頭陣，但自白宰彬就率先開口了，沒有畏畏縮縮彎來繞去的詳細敘述，只是淡淡地直接了當地說是我們三人欺負朴勇氣。

「你們三個人應該不是串供好才來的吧？」

原本以為班導師會非常生氣訓斥他們，但是班導師的聲音卻與平時沒什麼不同，接著班導師各給了一人一張紙。

「因為要在這邊一一仔細講完並不容易，今天回家後把你們對朴勇氣做的那些不對的事情寫在這裡，看了以後我再考慮要給予什麼樣的處罰。」

這是宰彬意想不到的作業。看著手中的紙，吳在烈開口問：

「要寫到哪裡？要寫滿這張紙嗎？」

班導師對著吳在烈噗嗤笑了出來。

「沒有一定要寫到哪裡，你做了多少，就寫多少。」

對吳在烈來說，這句話比要他把整張紙填滿更可怕。

「但是，我希望你們能詳細清楚寫下自己為什麼會做出這樣的行為。」

這代表了要查明事件的根本原因。

「不管怎樣既然都來了，我們還是一個一個稍微談一下吧。那先從許治勝開始嗎？宰彬先回教室，晨會前讓其他孩子安靜下來，叫大家拿出今天要考的工藝紙筆測驗，好好複習背一下吧。」

這樣就結束了？「起義」就這樣空虛地結束了。宰彬趁班導師不注意，對治勝比了加油的拳頭手勢，雖然是因為擔心口才不好的許治勝所以才為他加油打氣，但是同時卻又覺得這好像不是該加油的事情，而有點尷尬難為情。

寶美

因為面談的關係，晨會時間班導師並沒有進教室。

「是今天吧？許治勝和吳在烈兩人去自首了吧？可是還有一個人到底是誰啊？沒看到有空位啊？」

也有些人朝著宰彬瞥了一眼，除了寶美外，沒有人知道宰彬去過教務處的事，因為宰彬是班長，平時也經常進出教務處，今天自白也是簡單結束就回來，所以沒人知道。

寶美知道兩個孩子的行蹤，許治勝現在正在面談中，吳在烈從教務處出來後就去了廁所。真不知道欺負朴勇氣時的霸氣去哪了，在班導師面前緊張到肚子隱隱作痛，向宰彬做出肚子很痛的樣子。

李英燦，別再撐了，趕快去自首吧，也有出現露骨地指名道姓的聲音。

「不是說是意想不到的人物嗎？應該是指女生吧？」

對指名道姓的話感到憤憤難平的李英燦反應激動地大聲回應。於是，宋智萬就像是打人的婆婆旁邊勸阻的小姑⑰似的，徹底發揮了小姑角色的作用說，意想不到的人物怎麼好意思假裝沒事一樣坐在那邊，這該怎麼辦才好呢，一面說一面看向張亞嵐。

接著大家此起彼落的聲音，在教室裡鬧哄哄地亂成一團。然而身為班長的金宰彬也只是板著臉並沒有站出來，就在此時，姜宇宙說了一句：

⑰韓國俗諺「比起打人的婆婆，旁邊勸阻的小姑更討人厭」，意思是比起光明正大罵人的人，表面裝模作樣維護對方的人更加討人厭。

「別吵了，仔細想想，沒有一個人是坦坦蕩蕩的……」

他也太誇張了吧，雖然聽到了一些討厭的話，但是姜宇宙的話發揮了效果，原本喧鬧的教室突然安靜了下來。

第二節課是班導師的時間。

「沒忘了今天是考工藝紙筆測驗的日子吧？有稍微看書吧？」

就像是完全忘了自己曾在一週前用力拍講桌表達憤怒之意的班導師，現在顯得沒事的樣子。寶美旁邊的同學戳了一下寶美的腰，一臉「怎麼回事？」的表情。班導師對三人自首的事一句話也沒有提，雖然寶美知道是哪三個人去自首，但到底是不是朴勇氣口中的那三個人，寶美也相當好奇。

就像是代表好奇到快瘋的孩子們，李英燦舉起手。

「老師，三個人都自首了嗎？」

原本正忙著發下十題簡答題答案卷的班導師，停下忙碌的手。

「嗯。」

然後，沒有再說什麼，只是停下的手仍舊靜止不動。

李英燦在那支支吾吾之際，鄭惠妍提問了。

「那麼我們不用接受團體心理輔導了，對吧？」

果然是誰也無法阻攔的孩子啊。

班導師挑了挑粗粗的眼線，但是立刻又恢復了平靜，發完了答題紙，班導師站在講桌前。

「聽說我的外號是功夫熊貓？不對，聽說也有別班學生叫我功夫熊貓的妹妹，大概是因為我的眼妝吧。比你們早幾年的學長姊中，有一個特別調皮的學長，真的非常執著想知道，總是問個不停，為什麼要化那麼濃的眼妝，但我從來都沒告訴過他這個故事……」

不是在問要不要接受團體心理輔導，為什麼說到眼線去了呢？無法理解班導師莫名其妙的內心。

「高中時曾經有一個很討厭的男同學，因為他本身就是讓人沒什麼好感的類型，所以不只我，還有很多同學也討厭他，即使如此，也沒跟他有過衝突，因為根本連一句話也不說。有一天科學課要做金屬鈉的實驗，他跟我同一組所以坐在我的旁邊。雖然我對化學課並不感興趣，但因為成績最好，所以擔任了主導實驗的角色。我不過只是六個人中的代表而已，就以會妨礙我做實驗為理由，把他趕到後面去。雖然這理由很扯，但他還是照著我的話乖乖到後面看著。你們有做過金屬鈉的實驗嗎？

就是將金屬鈉切割後放到水中一種簡單的實驗，現在想不起來到底要放幾克的正確數字，但是就是要把金屬鈉切成小小塊，就算是現在也一樣，我用眼睛估量的能力真的不太行，照著老師說的把金屬鈉切下來，拿給其他同學看，當然沒有拿給站在我身後的那個孩子看。其他同學都點頭表示看到了之後，我就把切割下來的金屬鈉放到水槽裡，金屬鈉塊放進水中後，開始產生劇烈的反應，突然在某一瞬間就著火了，接著就『砰』！」

幾個女生「啊」地尖叫，只有鄭惠妍板著一張臉帶著僵硬的表情，看不出有什麼反應，似乎是在想老師到底為什麼要說這些話，顯得有些緊張的模樣。而金宰彬也是坐得挺挺的聽著老師說。看著孩子們的反應，班導師意味深長地笑了。

「當時，救了我的就是那個討厭的男生。燃燒的金屬鈉塊爆炸的同時，那個男生拉了我一把。問題可能是出在我切的量比要求的量切得還大塊的原因吧。也多虧了他，我只有眼角稍微燙傷而已。」

語畢，這次「呼」的聲音同時響起。聽到了這樣的反應，班導師露出了難得大大的笑容。

「所以啊，這個眼線就是我遮蓋燙傷疤痕獨特的方法。你們別到處講啊！也許你們其中有人會好奇我和那個男生後來怎麼了吧？一定也有人會想像該不會和那傢伙變成情侶了吧。很抱歉要讓你們失望了，完全沒有這一回事。雖然跟他說了謝謝，但事情就這樣結束了。可是我也曾經仔細思考過，到底為什麼這麼討厭他呢？雖然他的確做了一些討人厭的行為，但是並不是到全班都討厭的程度啊。朴勇氣的事情也是如此，雖然勇氣一定也有令你們討厭的部分，但是那不只是勇氣，每一個人也都有令人討厭的部分。可是殘酷的是，卻只有勇氣被如此殘忍地對待，這是為什麼呢？是不是只有某人被欺壓，指責的手指頭才不會向著我的自私心理的緣故呢？那麼，現在就告訴你們，你們最想知道的事情。嗯，自首的三個人和朴勇氣說的三個人並不一致。」

這次，孩子們發出了一陣參雜煩躁的嘆息聲，還可以聽到有人自言自語「就說是李英燦嘛！」的聲音。

「儘管如此，看在出於自首這難能可貴的心意，我再考慮看看要不要執行團體心理輔導。」

寶美原本僵硬的身子現在才放鬆。坐在前面的吳在烈轉過頭來看著金宰彬咧嘴一笑，在聽到班導師說「難能可貴的心意」的瞬間，放鬆了心情又開始調皮了，真不愧是吳在烈。相反的，許治勝還是板著一張臉，不對，仔細一看，好像被搔癢一樣，嘴角有些失守卻硬忍了下來的樣子，大概是因為心情放鬆了吧……這傢伙，要笑就笑啊……

可是第三個人到底是誰啊？寶美環顧著其他孩子們時，聽到班導師說：

「現在開始考試囉，我有說過這個是取代實作評價，會反映成績的吧？第一個問題，請寫出土壤污染的三大原因。」

寶美在第一題旁邊寫了農藥、廢水，還有一個想不起來，啊，明明就用螢光筆邊畫線邊背的啊……不管怎麼絞盡腦汁也想不起來。

不久前，原本寶美腦子裡滿滿的都是關於那第三個人的疑惑，已經在不知不覺中全然消失不見了。

後記

因妻子嘮叨到底要遊手好閒到什麼時候，楊某只好拿起鋤頭，開始在玉米田附近挖井。因為該地區的年降雨量只有五百毫米，所以家家戶戶都得要挖井打水才行。身子虛弱又懶惰的楊某一直以來都是用跟自己關係很好鄰居家的水井，可是在這特別乾旱的一九七四年，也只能自己挖井了。挖到約兩公尺深左右，楊某揮舞的鋤頭似乎挖到什麼東西了，撥開土堆一看，原來是一個用土做成人大小的人偶。

「本來就已經累得半死了，水都還不出來，竟然還有個人偶。」

楊某不高興大發牢騷，又再次揮動著鋤頭，這次又出現了一個陶製人偶。覺得大概這裡不是挖井的好位置吧，毫不猶豫把鋤頭往旁邊一移，正往下鑵之際……突然出現了奇怪的預感，楊某想或許自己發現了什麼了不起的東西，於是找了專家來查看，結果發現這竟然是兩千一百年前，年僅十三歲就登上王位，一登位就開始打造自己陵墓的秦始皇陵的陪葬品。

楊某發現兵馬俑是眾所皆知的事實，但是其實是因為妻子的催促之下，不得不拿起鋤頭挖土的事情可就沒人知道。如果在挖到陶製人偶假裝視而不見，就揮動鋤頭往旁邊繼續挖井的話，可能根本不會發現自己竟然錯失發現兵馬俑的事情。如此一來，楊某也不可能會知道，自己會利用發現八千個兵馬俑的名聲，在往後四十多年的歲月裡，對著觀光客們微笑說謝謝並販售著簽上自己名字的簽名簿。曾經是農夫的他，如今之所以能夠成為名人，主要得益於幾個不為人知的事實。

每個人都有著不為人所知的事情，直到死為止、或是在漫長的歲月期間，又或者在極短的瞬間裡，都有隱藏在背後不為他人知道的真相。

在跟班導師自首過的幾天後，因為許治勝幫爸爸跑腿，來到了新鮮蔬果行。

「那個，妳不是知道我的弱點嗎……」

許治勝吞吞吐吐地開口，尹寶美一副「我知道你要說什麼」的樣子，將手指放在嘴角做出像是拉上拉鍊的手勢，甚至還發出了「茲」的音效。

「沒有媽媽不是我的錯，但是也不想被人知道。」

許治勝相信尹寶美絕對不會將自己的弱點說出去，但是卻不知道雙方認為的「弱點」其實不一樣。

「對水蜜桃過敏又不是什麼大不了的弱點……這人比起外表，氣量還真小。」

並不想要撩撥與高大身材不相稱有著玻璃心少年的心，尹寶美在那之後，就再也沒在許治勝面前提過水蜜桃了。

藏在科學課本裡的便條紙，至今還放在金宰彬的抽屜裡。金宰彬偶爾還是會拿出紙條來看，雖然還是很好奇到底是誰寫的，但是從沒想到解開謎團的鑰匙就在其中，便條紙裡提到的名字只有一個，而且與發信者的名字相同。尹寶美在綠色的搜尋欄中輸入「隱藏筆跡的方法」，於是發現了用左手寫字的方法，但是自己是個徹頭徹尾的右撇子，生平第一次練習用左手寫出來的字，幾乎就像是古代象形文字，根本到了完全無法辨識形體的地步，於是尹寶美花了三十分鐘以上的時間練習，在沒有任何商標顯示的紙上寫完那些話，趁著金宰彬去廁所時，以最快的速度迅速把便條紙夾在他的科學課本裡。

「在調查朴勇氣手機之前，必須把所有事情解決才行。」

積極挺身而出來調查，其實不只是因為拒接朴勇氣最後的電話這一個原因而已。轉學之後馬上就遭到排擠的尹寶美，一到下課時間就把頭埋進手臂裡趴在桌上，沒有能說上一句話的朋友，讓寶美感到非常悲傷與痛苦。

可是有一天，期待著下課十分鐘快點過去，原本眼睛閉得緊緊的尹寶美，眼睛睜開了一條細縫，埋在手臂裡的臉，看到手臂另一端的金宰彬，與周圍喧鬧的其他孩子不搭，自己一個人靜靜看書的模樣，就像是一個孤傲的書生一樣，也產生了「如果是那孩子的話，或許可以理解我的孤獨吧」無謂的期待。在那之後，尹寶美每到了下課時間就趴在桌上偷看金宰彬，雖然沒有特別覺得這孩子好，但是總是想要看著他。尹寶美能撐過將近一個月的排擠時間，也可以說是多虧了金宰彬的右臉。

但是在偷偷放紙條時，尹寶美不斷反覆告訴自己這是為了正義所走的路，因為不想承認曾經讓自己內心心波盪漾的那份感情，不，因為要領悟到深藏在心底的那份感情，十五歲還太年輕了。

尹寶美每次經過校門時，偶爾對和警衛大叔的那奇怪約定感到疑惑。到底待在警衛室旁邊的工具室是什麼滔天大罪，得要逼著自己說謊？當尹寶美歪著頭疑惑地看著警衛室，警衛大叔擔心她該不會是發現了什麼，緊張得要命，所以就把那天自己不光明正大的不在場證明，責任推給鄰巷的治安老伯。

「說是蓮花敬老院的老奶奶們親自釀製的馬格利米酒，要我回去後好好嚐嚐味道。」

如果治安老伯沒有給馬格利米酒的話，也就不會有躲到工具室坐在氯化鈉桶子上小酌一杯的事情發生。

「突然送我馬格利米酒，讓人很為難耶！唉，如果我再喝酒的話，我就不是人，是狗！」

警衛大叔因為那件事情發洩怒氣，但卻一點都沒發現治安老伯送馬格利米酒的用意，是要他稍微幫朴勇氣的忙。

金屬鈉實驗時，在討厭的男同學幫助之下才免於被燙傷，但是也因為那件事，眼角留下了傷疤，夏智英老師的故事帶給二年四班的孩子們一個奇妙的情感禮物，因為包括許治勝、吳在烈在內，大多數的孩子都感到心裡一陣像是電流般的微微刺痛。

「排擠或討厭某人的經歷！我怕未來的日子會再出現這樣的失誤，我連整形手術都不做，只是化著濃濃的眼妝遮住傷疤，就這樣過日子。」

聽著平靜卻帶給人心頭一熱的感動告白，幾個孩子下定決心不再嘲笑夏智英老師為功夫熊貓的妹妹，但是誰也不知道神聖化妝背後的另一個故事。夏智英老師的金屬鈉故事的確是事實，如果不是那個討人厭的男生把她往後拉了一把，差點臉上都要帶著香瓜大小的傷口一輩子了……反正，那時只在夏智英老師的眼角留下了香瓜「籽」大小的傷口。

得化著像是功夫熊貓濃濃眼妝的傷口，是在五年前留下的。那年夏天，夏智英老師和久違的大學同學去濟扶島玩，在海邊烤貝殼店吃晚餐時，突然被從火焰中爆裂開的貝殼燙到了上眼皮，在香瓜籽疤痕旁留下了西瓜籽大小的傷口，接連留下了香瓜籽和西瓜籽的傷疤，但是因為夏智英老師是蟹足腫皮膚體質，所以無法動手術，最後只好化上粗濃的眼線。

夏智英老師只對孩子說了香瓜籽疤痕的故事，兩道疤痕的真相中，只能選擇帶給人靜電般刺痛感動的話，這是身為教師考慮教育效果的戰略性選擇。

鄭惠妍也有秘密。在Y醫院一樓大廳裡，許治勝躲在自動販賣機和花盆之間偷看時，鄭惠妍根本就不知道那間醫院正是朴勇氣住院的醫院，她會來到Y醫院是因為家教老師，家教老師發生車禍，臨時接到了聯絡後所以來探病，當然也不是因為擔心家教老師才來的。

「考試就迫在眉睫了，現在也來不及報名補習班，更找不到新老師，我該怎麼辦才好？」

實在沒辦法的話，是不是至少可以在醫院上家教呢？為了要知道家教老師正確的狀態，特別抽空到醫院。那天鄭惠妍用手搓臉時，帶著一臉嚴肅的表情，是因為家教老師的狀況真的很不好，而考試就近在眼前，已經制定好的計畫得要做許多修正才行。

「沒辦法了，這次考試我得自己準備了。」

雖然很擔心，但是結論只有一個，鄭惠妍總是能夠迅速掌握情況，並且快速做出判斷。但是那一天，卻沒有發現近距離觀察著自己的那一雙眼睛，雖然只是暫時的，但做夢也沒想到會被誤成朴勇氣的女朋友。

然而，在受到最多誤會方面，沒人比得上朴勇氣。朴勇氣不是繼承者，「十三億繼承說」是因為國中二年級的孩子缺乏經濟概念所引起的。

「我爸爸不是大企業的老闆啊，聽說公司資產規模也只有十三億。」

朴勇氣從來沒有對任何人說過自己是繼承者，因為老來得子特別寵愛，所以總是買些名牌衣服給他的父母。雖然非出自本意，卻總被誤認為有錢人，勇氣曾經這樣解釋過。但是孩子們並不了解，就算是公司老闆也不能隨便花公司的錢，在這之中只剩十三億的這句話，卻朝著奇怪的方向迅速擴散開來。如果要說朴勇氣有做錯什麼的話，就是在能夠糾正傳聞時沒有去做。如果仔細想想的話，因為經濟上比較寬裕，所以也不是錯得太離譜的傳聞，這是身為國中生，自然而然助長虛榮心的結果。

雖然一味忍受許治勝一夥人欺負，但是朴勇氣絕對不是國家代表窩囊廢，因為對朴勇氣來說，這只是「作業」。朴勇氣在小學時期常常欺負許治勝，當兩人漸漸長大，讓人不禁懷疑到底為什麼會出現這樣毫無特殊理由的行為。即使忍受被許治勝一夥人霸凌的當下，在朴勇氣的心中也只是為了還債而已，就像寫作業一樣，忍住了欺負，但是偶爾也有難以忍受的瞬間，每當這種時候，就會想這樣的行為會不會讓許治勝變得更壞，懷疑許治勝會不會像自己一樣欠下心債。關於「作業」的事情，朴勇氣只有跟夏智英老師說，就連老師都責備他怎麼會有這麼愚蠢的想法，直到那時，朴勇氣才意識到這是沒必要的作業。

許治勝、吳在烈與金宰彬到病房道歉時，只有吳在烈不斷追問「第三個人」到底是誰，但是朴勇氣只是笑笑的什麼話都沒回答。朴勇氣的反應讓二年四班的孩子們陷入了一陣混亂，但是其實朴勇氣的微笑是因為他真的不知道。第三個人，是夏智英老師編造的，雖然這是為了要讓孩子們知道，欺負某人將來會一輩子後悔，是令人感到心痛的事情，可是卻沒有人看穿這深奧的含義，因為就連朴勇氣也問過夏智英老師第三個人是誰。

雖然確實了解「作業」意義的夏智英老師，卻也不知道朴勇氣為什麼會跳入卡車飛奔的馬路上。到底為什麼要這麼做，不管是父母、警察或是夏智英老師怎麼問，朴勇氣都沒有回答。其實，會讓朴勇氣急著跑過去的，是因為想起了放在抽屜裡皺巴巴塗鴉的那張紙。

朴勇氣在便利商店買了五個麵包和三瓶飲料，然後還買了一張手掌大小的卡片。出了便利商店後，朴勇氣低著頭看著卡片空白的那一面，煩惱著到底要寫些什麼才好，陷入了苦思。幾天後就是金珍熙的生日，朴勇氣買了香水當禮物，自從與金珍熙重逢之後，覺得兩人很聊得來，想趁這個機會送她禮物，順便告白。

「金珍熙生日快樂。好友　朴勇氣」

「恭喜、恭喜。　未來男友」

如果想要自然地表達自己的心情，該寫些什麼才好呢？字寫得很醜怎麼辦？想著想著，突然想起那張紙，朴勇氣幾天來為了要矯正醜陋的字跡，在A4紙上反覆練習，一筆一畫寫著對金珍熙愛的告白。可是早上到學校一看，寫著「第一次看到妳的瞬間，我就心跳加速」、「勇氣心裡有珍熙」等，有著幾百萬個讓人起雞皮疙瘩句子的紙張不知怎麼回事放在了書包裡。應該要放在家裡的書桌上啊……仔細想想，前一天晚上做科學作業做到很晚，在整理書包時掉進去的樣子。朴勇氣偷偷拿出紙塞到抽屜，用手把紙揉成一團。本來想要找時間丟到垃圾桶的，但是一直還沒找到機會。

不管雞皮疙瘩會起百萬個，還是千萬個，對異性告白也不是壞事，但是讓朴勇氣驚嚇到昏頭轉向的理由，是想起了在離開教室之前，吳在烈最後問自己的那問題。

「朴勇氣，你調查了混合物與化合物種類了嗎？今天是二十五號，怎麼想都覺得五號會被叫到……」

朴勇氣跑出教室門之前來不及回答，但是依吳在烈的性格，肯定百分之百會隨便亂翻自己的桌子，如果吳在烈為了要拿自己的科學本，發現了那張亂寫的紙，不只自己丟臉而已，就連金珍熙也會成為嘲笑戲弄的對象。擔心這尚未萌芽的關係會就此完蛋，朴勇氣擔心得口乾舌燥。儘管如此，還是冷靜地確認了道路兩側的來車，只有遠處那邊有一輛卡車往這個方向行駛，雖然只有幾秒行人穿越號誌就要變綠燈了，但是心急如焚的朴勇氣卻連那幾秒也等不及了，就相信一次當麵包 shuttle 以來鍛鍊的內功吧，但是在猶豫的瞬間，卡車逐漸接近，卻對卡車在改變信號之前一定要開過去，猛踩油門的卡車司機想法全然不知。朴勇氣在失去意識之前，最後的想法只有，絕對不能被發現……

幸好，朴勇氣對金珍熙充滿愛意的塗鴉亂寫，並沒有被發現，因為就在吳在烈要伸手進朴勇氣抽屜的瞬間，李英燦說「今天是二十四號啊」。

沒有勇氣的一週裡，二年四班裡為了第三個人議論紛紛，隨著時間流逝漸漸平息下來。但是孩子們偶爾突然想起當時的事情，心想或許自己是那第三個人也說不定，每次一想到這，心中就泛起一陣微微刺痛。

作者的話

這個故事是在某次聚會中，聽到一個國中男孩遭遇，改編而寫的。有個男孩這樣問自己的媽媽，「媽媽，我們學校裡有一個大家都不理他，被嚴重霸凌的同學，要不要至少我來當他的朋友呢？」

孩子的媽媽不以為然地回答：

「哎，算了吧，這樣的話連你也要被霸凌。」

然而，那天晚上那男孩就自己結束了生命。是的，那孩子就是被霸凌的主角。聽了故事，渾身起雞皮疙瘩。聚會結束，回到家後，卻無法抑制渾身發冷的感覺，並不是因為突然溫度下降的晚秋天氣。

在那之後，時不時腦海中會浮現有著一雙冰冷眼神男孩的臉。希望能夠說出那孩子深切的孤獨，於是開始動手寫了這篇故事。

故事裡提到的二年四班孩子們真的很壞，不僅利用朴勇氣，勒索敲詐他又無視他，把所有的怨恨與憤怒全都發洩在一個人身上。但是我們無法痛快地說「哪有這樣的孩子」，這的確是事實，透過新聞接觸到的許多霸凌事件，都比這故事可怕太多。

不管理由和結果是什麼，霸凌是不公平的遊戲。因為誰也不能主張一個人對多數人的爭鬥是對的。

或許有人會說，即使不對但是已經發生的事情也沒辦法。可是，如果被欺負的人是「我」，又會怎麼樣呢？還會說這不公平的遊戲也只能繼續的話嗎？

沒有勇氣的一週裡，二年四班裡欺負朴勇氣的三人中，有兩個確定的名單外，必須要找出第三個人，在這過程中，孩子們了解到，任何人都有可能會是那第三個人的情況，自己的小小行動，都可能會對他人造成很大的傷痛……當然，並不期待一個領悟就能為孩子帶來巨大的變化，但是我相信，偶爾胸口會出現的心痛卻會永久珍藏在心底。

在寫這篇故事時，我總是想起那位故事中，太早離開這世上的男孩，也曾思考過無法等待明亮太陽升起的早晨，如此絕望的苦痛，或許這篇文章是獻給一直到生命最後一刻都是如此孤單的那少年，無能的大人寫的反省文。希望閱讀這本書的各位，也能抱著這樣的心情閱讀。

二〇一五年　初夏

鄭恩淑

少年偵探團

推理文學巨擘江戶川亂步經典作品——《少年偵探團》系列重磅登場！

與《怪盜二十面相》正面交鋒；看《少年偵探團》勇於冒險、抽絲剝繭；跟蹤《妖怪博士》、發現重大秘密，再多的危機與謎團，機智的名偵探與少年偵探們總是有辦法！為孩子們寫的推理小說，跟著亂步，當個臨危不亂的小偵探！

怪盜二十面相

江戶川亂步　著　譚一珂　譯

離家十多年的羽柴壯一突然來信告知家人自己要回國，同時羽柴家收到怪盜二十面相即將來偷盜寶石的預告信。羽柴一家一方面期待許久不見的壯一回來，一方面又對怪盜二十面相的犯罪預告惴惴不安。沒想到寶石仍舊被偷走了。羽柴家向鼎鼎大名的偵探明智小五郎尋求協助，接著竟衍生出一連串意想不到的發展。亂步以明智小五郎以及助手小林的互動，帶領讀者推理故事的情節，並給予少年小林大篇幅的描寫，兒童的機智與勇敢在作品中充分被呈現。

少年偵探團

江戶川亂步 著　曹藝 譯

東京都裡出現了一個渾身黑的怪物，黑暗中會咧開嘴陰森的笑，人們稱他為「黑魔」。黑魔已經陸續拐走幾個五歲的女童，卻又像是抓錯人般的中途放了他們。這些受害者遭到黑魔襲擊的地方，都在篠崎——少年偵探團成員之一的住家附近，篠崎的妹妹似乎也被盯上，更進一步得知家中有個寶石也許就是黑魔的目標！

為了保護妹妹與寶物，篠崎與少年偵探團正式向黑魔宣戰，有了名偵探明智小五郎的協助，神秘的黑魔與寶石的祕密即將被解開。

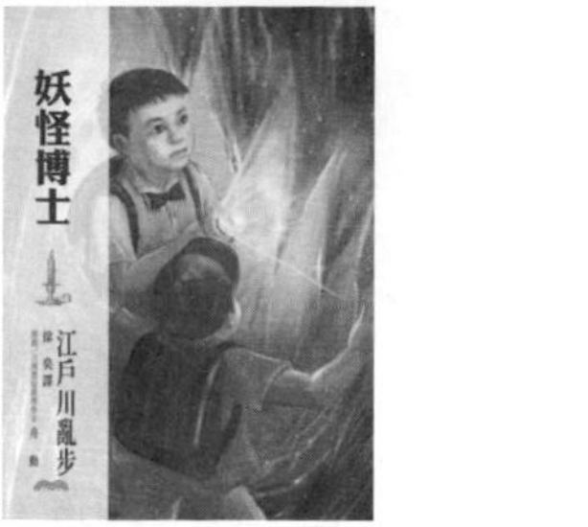

妖怪博士

江戶川亂步 著　徐奕 譯

少年偵探團成員泰二偶然跟蹤了一個形跡詭異的老人，沒想到竟一步步掉進老人的陷阱。老人自稱「蛭田博士」，他將泰二催眠後命令他回家偷出有關國家機密的文件，更將泰二拐走。此外，蛭田博士更綁架了少年偵探團的其他孩子，邪惡的力量正一步步侵蝕著少年偵探團，究竟蛭田博士的陰謀是什麼？大偵探明智小五郎親自出馬，拯救被妖怪博士折磨的孩子們，更進一步揭開妖怪博士的真面目。

青青

陪伴青少年走過人生最美時光

旺盛的生命力，從翠綠出發！

給青少年最青的文學閱讀，優質、多元、有趣。

我們相信：文字開拓的無限想像，是成長的必備養分。青青書系充滿新鮮的想法、新時代的感性，以輕量閱讀讓文學變得親近可愛。但願年輕的心靈迷上字裡行間的美好，由此探尋自身、關懷世界，親自品味如歌如詩的青春。

長腳的房子

蘇菲・安德森　著　洪毓徽　譯

即使是死亡，也能啟發我們去擁抱生命。

十二歲的瑪琳卡夢想擁有平凡的生活：住在普通的房子裡，和普通人做朋友。可偏偏她的房子長了一雙雞腳，總是毫無預警地將她和祖母帶到陌生的地方。

這一切都因為瑪琳卡的祖母是一名雅嘎，負責引導死後的靈魂前往另一個世界，而瑪琳卡註定要延續這份使命。年輕的瑪琳卡不願一輩子過著與死人為伍的生活，她決心扭轉自己的命運。殊不知這個決定將讓她的人生失去控制，而同時房子卻有自己的打算……

※ 榮獲 2019 OPENBOOK 好書獎 最佳青少年圖書

我在你身邊

喜多川泰　著
緋華璃　譯

百萬暢銷作家，出道以來最感人成長小說！
少年與人工智慧相遇，改變了「悲慘」的命運
隼人升上國中課業壓力變大，不懂為何要念書？在學校又因為小事受到朋友孤立。有天，他房間出現一個醜到極點，卻會說話的機器人「柚子」。柚子如何幫他成績突飛猛進，不再害怕同學找碴？年過半百的大叔看了也涕淚縱橫，怎麼會那麼好哭！